COLLECTION FOLIO

Thomas De Quincey

Le bras de la vengeance

Traduit de l'anglais
par Alain Jumeau

Gallimard

Cette nouvelle est extraite d'*Œuvres*
(Bibliothèque de la Pléiade)

Titre original :
THE AVENGER

Thomas De Quincey est né en 1785 dans une très vieille famille d'origine normande. Il était adolescent lorsque parurent les *Ballades lyriques* de Wordsworth et de Coleridge, qui le transportèrent d'admiration.

À dix-sept ans, il s'évade de la *grammar school* de Manchester et vagabonde au pays de Galles, puis gagne Londres en mettant son espoir dans les usuriers. Peine perdue. Mourant de faim, il s'évanouit dans la rue. Ranimé, sauvé par une enfant de seize ans, Ann, qui, bien que fille des rues, est l'innocence même, il la perd bientôt sans recours en manquant un rendez-vous. Elle hantera toujours, au long des ans, ses rêves teintés d'opium.

Car, dès le temps de ses études à Oxford, il a pris pour calmer des douleurs du laudanum qui, l'enchantant et l'asservissant tout ensemble, lui vaudra les plus grands plaisirs comme les pires souffrances de sa vie.

Attiré dans la région des Lacs par sa vénération pour Wordsworth, dont il devient le voisin et l'ami, il épouse là une Margaret, qui sera pour lui la plus secourable des compagnes dans ses crises de « prostration devant la noire idole » et qui lui donnera six enfants.

Harcelé par les créanciers, il rédige rapidement pour le *London Magazine* ses *Confessions d'un mangeur d'opium*, qui, en 1822, le rendent célèbre du jour au lendemain de part et d'autre de l'Atlantique.

Contraint pourtant de besogner inlassablement, il ne cessera plus de remplir les revues de Londres, puis celles d'Édimbourg — aux alentours duquel il se fixera définitivement —, d'essais érudits, profonds et volontiers sardoniques (cf. De *l'assassinat considéré comme un des beaux-arts*) sur les lettres anciennes et modernes, telles grandes figures de l'Histoire, l'économie politique, la métaphysique allemande, la théologie, etc. Textes incroyablement divers qui, réunis dans ses toutes dernières années (il meurt en 1859), composent vingt volumes pleins de merveilles.

Découvrez, lisez ou relisez les livres de Thomas De Quincey :

LES CONFESSIONS D'UN MANGEUR D'OPIUM ANGLAIS suivi de SUSPIRIA DE PROFUNDIS et de LA MALLE-POSTE ANGLAISE (L'Imaginaire n° 234)

DE L'ASSASSINAT CONSIDÉRÉ COMME UN DES BEAUX-ARTS (L'Imaginaire n° 462)

LA NONNE MILITAIRE D'ESPAGNE (L'Imaginaire n° 448)

Pourquoi voir en moi un criminel et non la colère de Dieu qui poursuit ardemment les pas de l'oppresseur et purifie la terre quand elle est marquée de sang[1] ?

1. Cette épigraphe semble être une composition de De Quincey. *(Toutes les notes sont du traducteur.)*

Cette série d'événements terribles, qui bouleversèrent notre paisible ville universitaire du nord-est de l'Allemagne au cours de l'année 1816, a, en elle-même et considérée simplement comme le mouvement aveugle d'une passion humaine déchaînée comme un tigre parmi les hommes, quelque chose de trop mémorable pour être oublié ou négligé sans faire l'objet d'une relation spécifique ; mais la leçon humaine qu'impliquent ces événements est encore plus mémorable et mérite l'attention soutenue des générations futures dans leur quête du progrès humain, non seulement dans le domaine particulier qui a suscité un grand intérêt direct, mais dans tous les domaines d'un intérêt analogue ; car déjà, et à plusieurs reprises, cette leçon a bel et bien retenu l'attention des rois et des princes chrétiens réunis en congrès. Aucune tragédie, en fait, parmi toutes celles qui ont tristement porté atteinte à la générosité du cœur humain ou du foyer domestique, ne mérite plus un chapitre à part dans l'histoire particulière des mœurs allemandes ou de la société allemande que cette affaire sans précédent. Et d'autre part, personne n'est mieux placé que moi pour raconter l'histoire.

J'étais à cette époque, et je suis toujours, professeur à l'université de cette ville qui a eu le triste privilège d'être le théâtre des événements. Je connaissais intimement tous ceux qui furent concernés — soit comme victimes, soit comme protagonistes. J'ai été présent du début à la fin et j'ai suivi, dans tout son déroulement, cette mystérieuse tempête qui s'est abattue sur notre chère ville avec la violence d'un ouragan des Antilles et qui, à un moment, a même menacé sérieusement de dépeupler notre université, à cause des noirs soupçons qui se sont portés sur ses membres, ainsi que la réaction naturelle de généreuse indignation qui les a repoussés ; et pendant ce temps-là, les populations sédentaires et autochtones de la ville auraient facilement manifesté leur propre terreur et leur sentiment d'une affreuse insécurité, de dangers insondables qui menaçaient d'engloutir leurs foyers sous leurs pas, en renonçant, chaque fois que c'était possible, à leurs maisons et à leurs beaux jardins en échange de journées exemptes de la malédiction de la panique, et de nuits non souillées par le sang. On ne manqua pas de faire, je peux me permettre de le dire, tout ce que la prudence humaine pouvait suggérer, ou l'ingéniosité humaine réaliser. Mais voici à quel résultat malheureux on aboutit : plus les dispositions prises pour remédier au mal paraissaient sûres, plus elles favorisaient efficacement la terreur, mais surtout l'effroi — le sentiment d'un mystère, lorsque dix cas d'extermination se produisirent dans des foyers distincts, où, chaque fois, les précautions prises avaient échoué à apporter la moindre aide. L'horreur, la peur complètement frénétique qui s'emparèrent de la ville après cette expérience défient toute tentative de description. Si les différentes mesures prévues avaient échoué seulement pour des raisons humaines et intelligibles — telle l'arrivée trop tardive des secours —, dans ces cas-là, il est vrai, le danger n'en aurait pas été manifestement moins grave, mais les gens n'auraient pas ressenti d'autre mystère que celui qui, dès le début, concernait l'identité et les mobiles des meurtriers. Mais en fait, lorsque, dans dix cas distincts de véritable carnage, la police stupéfaite, après une enquête très approfondie, poursuivie jour après jour et épuisant presque la patience des gens par le caractère très méticuleux des vérifications, déclara finalement que, selon toute apparence, on n'avait pas essayé de se servir des signaux d'alarme prévus, et que l'on n'avait entendu personne marcher dans cette direction — alors, après les résultats de l'enquête, une affreuse peur aveugle saisit la population, bien pire que l'angoisse ressentie par une ville assiégée attendant la rage destructrice d'un ennemi victorieux, tant il est vrai que ce qui est caché, incertain, mal défini s'empare toujours plus puissamment de l'esprit qu'un danger connu, mesurable, palpable et humain. Même les policiers, au lieu d'offrir protection ou encouragement, craignaient fort pour leur propre vie. Et le sentiment public, comme me le décrivit un citoyen sérieux que je rencontrai au cours d'une promenade matinale (en effet, l'impression dominante d'une calamité publique avait abattu toutes les barrières de la réserve, et tout le monde parlait à tout le monde dans les rues, comme on l'aurait fait lors des secousses d'un tremblement de terre), ressemblait, même chez les plus courageux, à celui qui parfois s'empare de l'esprit pendant les rêves — quand vous vous sentez seul dans le sommeil, complètement isolé des amis que vous ne pouvez pas appeler, qui ne peuvent vous entendre, alors s'ouvrent des portes qui devraient être fermées, ou bien est déverrouillé ce qui devrait être bouclé à triple tour ; les murs eux-mêmes ont disparu ; des barrières ont été englouties dans des abîmes inconnus ; il ne reste rien autour de vous, sinon des rideaux légers ; un monde de nuit sans fin ; des chuchotements au loin ; l'obscurité qui répond à l'obscurité comme un gouffre en appelle un autre, tandis que le cœur du rêveur forme le centre d'où rayonne tout le réseau de cet inimaginable chaos, par lequel les simples *privations* du silence et de l'obscurité deviennent des forces très *positives* et redoutables.

L'action de la peur, comme de toute autre passion, surtout celle que partagent des milliers d'hommes, qui fait battre le cœur à l'unisson d'une cité entière, dans toute la diversité des humbles et des puissants, des jeunes et des vieux, des faibles et des forts, cette action parvient à transfigurer la nature des hommes : des esprits mesquins acquièrent de la grandeur ; des gens ternes deviennent éloquents ; et quand la situation en arriva à ce moment décisif, le sentiment public s'exprimant par la voix, les gestes, le comportement ou les paroles était tel qu'aucun étranger ne pourrait l'imaginer. À cet égard, j'étais donc bien placé, du fait que j'étais sur les lieux pendant toute l'affaire, pour en faire un récit fidèle ; d'autant plus que j'occupais une sorte de position centrale pour observer toutes les péripéties de l'histoire. Je peux me permettre d'ajouter que j'avais un autre avantage qu'aucun autre habitant de la ville ne possédait, ou pas au même point. Je connaissais personnellement toutes les familles qui comptaient tant soit peu dans la population permanente, qu'il s'agisse de la vieille noblesse locale ou des nouveaux résidants que les guerres récentes avaient poussés à se réfugier derrière nos murs.

Ce fut en septembre 1815 que je reçus une lettre du premier secrétaire du prince de M..., un noble qui était lié à la diplomatie russe, dont je cite un extrait : *Bref, je souhaite recommander à votre attention, en des termes plus chaleureux que je ne saurais le dire, un jeune homme pour lequel on sait que le tzar en personne a exprimé, en privé, l'intérêt le plus vif. Il a participé à la bataille de Waterloo comme aide de camp d'un général hollandais et il a reçu des décorations qu'il a gagnées en ce jour terrible. Cependant, bien qu'il ait combattu cette fois-là sous les ordres des Anglais, et bien qu'il soit citoyen anglais, d'un rang élevé, il n'appartient pas à l'armée anglaise. Malgré son jeune âge, il a servi sous* divers *drapeaux, et en particulier sous le nôtre, dans la cavalerie de notre garde impériale. Il est anglais de naissance, neveu du comte d'E., et héritier présomptif de ses immenses biens. Il circule actuellement une histoire invraisemblable : sa mère aurait été une bohémienne d'une beauté extraordinaire, ce qui expliquerait son teint légèrement basané, mais pas plus sombre après tout que ce que j'ai vu chez beaucoup d'Anglais. Il a un air des plus nobles parmi toutes les créatures humaines. Mais son père et sa mère sont morts tous les deux à présent ; et depuis leur disparition, il est devenu le favori de son oncle, qui l'a retenu en Angleterre après le départ de l'empereur*[1] *; et comme cet oncle est maintenant au stade ultime de la maladie, M. Wyndham va nécessairement hériter des vastes biens de la famille, et probablement très bientôt. En attendant, il désire être aidé dans ses études. Intellectuellement, il se situe parmi les meilleurs, comme, j'en suis sûr, vous ne tarderez pas à vous en apercevoir ; mais sa longue carrière militaire et les convulsions sans précédent de notre histoire européenne depuis 1805 ont entravé la culture de son esprit (comme vous pouvez l'imaginer) ; car il est entré dans la cavalerie, au service d'un État allemand, quand il n'était encore qu'un adolescent, et il est passé depuis d'une armée à l'autre, selon que la tempête de la guerre soufflait de tel endroit ou de tel autre. Pendant l'anabase*[2] *des Français sur Moscou, il est entré au service de notre armée et il s'est fait prodigieusement apprécier de toute la famille impériale, alors qu'actuellement il n'est encore que dans sa vingt-deuxième année. Quant à ses talents, ils parleront d'eux-mêmes ; ils sont infinis et utiles dans toutes les situations de la vie. C'est pour le grec qu'il a besoin de vous ; ne parlez pas d'honoraires avec lui. Il saura reconnaître le dérangement qu'il peut vous causer, comme à son habitude,* en prince*. *Et dans dix ans, vous vous souviendrez avec fierté d'avoir joué votre rôle dans la formation de celui que tous ici à Saint-Pétersbourg, non seulement les soldats, mais nous aussi les* diplomates*, *nous sommes sûrs de voir devenir un grand homme, et l'une des premières intelligences de la Chrétienté.*

* Les mots ou expressions suivis d'un astérisque sont en français dans le texte.

1. L'exil de Napoléon à Sainte-Hélène.
2. C'est-à-dire, par référence à l'ouvrage de l'historien grec Xénophon, l'« expédition militaire ».

Deux ou trois autres lettres suivirent ; et en définitive il fut décidé que M. Maximilian Wyndham résiderait pendant un an dans ma demeure monacale. Il prendrait à sa charge sa table et ses domestiques ; il aurait un appartement d'une douzaine de pièces ; il aurait libre accès à la bibliothèque, ainsi que d'autres privilèges volontiers accordés par les magistrats de la ville ; en échange de quoi il me paierait mille guinées ; et déjà, au préalable, en reconnaissance des libéralités de la ville, il avait adressé par mon intermédiaire un don de trois cents guinées pour diverses institutions locales chargées de l'instruction des pauvres ou des œuvres charitables.

Le secrétaire russe correspondait avec moi vers la fin depuis une petite ville allemande située au plus à quatre-vingt-dix miles d'ici ; et comme il disposait de courriers spéciaux à son service, la négociation avança si rapidement que tout fut conclu avant la fin de septembre. Quand on en fut à l'aboutissement, moi qui n'avais soufflé mot auparavant de ce qui se tramait, je laissai s'ébruiter l'intéressante nouvelle et je souffris qu'elle se répandît dans toute l'étendue de la ville. On imagine facilement qu'une histoire pareille, déjà assez romanesque sous sa forme première, ne perdrait rien à être racontée. Pour commencer, un Anglais — un titre qui en lui-même et de tout temps est un passeport sûr pour obtenir la faveur des Allemands, mais plus encore depuis les dernières guerres mémorables qui, sans les Britanniques, auraient sombré en efforts confus —, de plus un Anglais distingué et de *haute noblesse**, puis un soldat couvert de brillantes décorations, appartenant à l'arme la plus prestigieuse ; jeune de surcroît, et pourtant un vétéran par son expérience — qui revenait juste de la bataille la plus terrible que la planète ait connue depuis l'époque de Pharsale[1], rayonnant de la faveur des Cours et des princesses impériales —, enfin (ce qui aurait suffi à le rendre intéressant pour tous les cœurs de femmes) un Antinoüs d'une beauté irréprochable, une sorte de statue grecque à laquelle un Pygmalion moderne aurait insufflé la vie : une telle débauche de dons et de qualités concentrés sur la tête d'un seul homme n'aurait pas eu besoin du couronnement vulgaire (et pourtant, pour beaucoup c'était vraiment le couronnement merveilleux du tout) que constituait la réputation de sa richesse, qui dépassait les rêves des romans ou les besoins d'un conte de fées. L'impression qu'il fit sur notre société engourdie était sans précédent ; toutes les langues s'animaient du matin au soir pour parler de ce jeune Anglais merveilleux ; toutes les imaginations féminines s'activaient à décrire le physique de cette plaisante apparition.

Dès son arrivée chez moi, je me rappelai une vérité que j'avais observée quelques années auparavant. Une maxime banale dit qu'il est dangereux de susciter des espoirs trop grands. Cette maxime, cette formulation générale et sans restriction n'est vraie que dans certaines conditions : elle est vraie dans le cas seulement où il y a peu de mérite pour entretenir et justifier l'espoir. Mais dans les cas où le mérite est en lui-même transcendant, il est toujours utile de faire monter l'espoir au maxi-

1. Victoire décisive remportée en Grèce (Thessalie) par César sur Pompée en 48 av. J.-C., qui marqua la fin de la guerre civile, mais aussi de la République romaine, en permettant à César de prendre les pleins pouvoirs.

mum ; pour tout ce qui est infini, les espoirs les plus illimités ont largement de quoi trouver satisfaction ; mais il est certain que les observateurs les plus ordinaires, étant peu sensibles, ne réussiront pas souvent à voir ce qui existe dans la splendeur la plus frappante, sauf si on les a incités à faire attention. Dans le cas présent, cela ne fit assurément aucun tort à celui en qui étaient placés ces espoirs que l'on m'eût averti que je devais m'attendre à beaucoup. Cet avertissement, en tout cas, me rendit attentif à tout ce qui pouvait être d'une noblesse exceptionnelle dans son physique ; mais d'autre part, il y en avait tant, et cela dépassait tant ce que j'avais rencontré dans mon existence qu'aucun espoir que les mots peuvent susciter n'aurait pu être déçu.

Ces pensées me traversèrent l'esprit avec la rapidité de la lumière lorsque je vis, au premier coup d'œil, la beauté et l'autorité suprêmes qui semblaient descendues du ciel devant moi. L'autorité et la contemplation de l'autorité, dans toute incarnation absolue de la grandeur ou de l'excès, ont nécessairement comme effet instantané de maîtriser toute perturbation. J'ai retrouvé tout de suite ma sérénité. Je l'ai regardé posément. Nous nous sommes inclinés tous les deux. Et à l'instant où il a relevé la tête, j'ai saisi son regard, un regard semblable à ce que l'on pouvait attendre d'un visage aux traits aussi nobles,

Alliant l'éclat de l'étoile
À celui du ciel d'été[1],

1. William Wordsworth, « Une famille juive dans la petite vallée en face de Saint-Goar sur le Rhin » (1835), v. 19-20.

et donc conçu par la nature pour abriter et exprimer des sentiments sereins et nobles ; mais je fus surpris et en même temps presque plus rempli de consternation que de pitié en observant que dans ces yeux s'était posée une lueur de tristesse plus profonde que cela me semblait possible chez un jeune homme, et presque à la mesure d'une douleur humaine ; une tristesse qui aurait pu convenir à un prophète juif quand il portait tout le poids de l'inspiration du malheur.

Deux mois s'étaient maintenant écoulés depuis l'arrivée de M. Wyndham. Il avait été présenté partout à la meilleure société de la ville ; et, j'ai à peine besoin de le dire, il avait été reçu partout avec faveur et distinction. En fait, sa fortune, son importance, son prestige militaire et la distinction de sa personne, qui s'exprimait par ses manières et son comportement, étaient bien trop éminents pour qu'on le traitât autrement qu'avec le maximum d'égards, partout où il se présentait. Mais l'effet de ces différents avantages qu'une beauté physique si rare recommandait et faisait ainsi valoir était un peu trop fort pour le confort et la tranquillité de gens ordinaires et dépassait, en fait, désagréablement le niveau d'aspirations où des gens pareils pouvaient se sentir à l'aise. Il n'était pas porté naturellement à la réserve ; loin de là. Il était, au départ, d'une disposition ouverte, franche et confiante ; sa vie itinérante et aventureuse, dont plus de la moitié s'était déroulée dans les camps, avait donné à ses manières une franchise plus que militaire. Mais la mélancolie profonde qui l'habitait, quelle qu'en fût la cause, refroidissait nécessairement la liberté de son comportement, sauf quand elle était ranimée par l'ardeur de l'amitié ou de l'amour. Cela avait un effet gênant et embarrassant pour tous. Toutes les voix s'arrêtaient ou faiblissaient quand il entrait dans une pièce — un silence de mort s'ensuivait —, il n'y avait aucun regard qui ne fût dirigé vers lui ou qui, timidement baissé, ne se fixât sur le sol ; les jeunes filles, pendant un temps, perdaient vraiment la force de s'exprimer autrement qu'en murmurant quelques syllabes confuses, à peine articulées. En fait, la solennité d'une première présentation et l'impossibilité totale de reprendre rapidement un rythme de conversation libre et sans entraves rendaient de telles scènes vraiment pénibles pour tous les participants, acteurs ou spectateurs. Assurément, cela ne tenait pas uniquement à l'effet produit par sa mâle beauté, si héroïque et si excessive ; cela provenait en partie des dons nombreux et extraordinaires qui avaient été accumulés en sa personne aussi bien par la fortune que par la nature ; en partie aussi, comme je l'ai dit, de la tristesse profonde et de la gravité réfrigérante du comportement de M. Wyndham, mais plus encore du mystère intrigant qui entourait cette tristesse.

N'y avait-il donc pas d'exceptions à cette réaction d'admiration mêlée de crainte ? Si ; il y en avait une au moins, une personne dont le cœur abritait le sortilège d'une passion envahissante qui bien vite fit fondre toute trace de réserve glacée. Tandis que le reste du monde gardait un vague sentiment de crainte à l'égard de M. Wyndham, Margaret Liebenheim n'entendait parler d'un tel sentiment que pour s'étonner que l'on pût le ressentir à son égard à *lui*. Jamais il n'y eut de conquête réciproque aussi éclatante entre deux jeunes cœurs — jamais auparavant il n'y eut un tel transport instantané de sentiments à l'unisson. Je n'ai pas été témoin de la première rencontre de ce mystérieux Maximilian et de cette magnifique Margaret, et j'ignore si Margaret manifesta ce tremblement et cet embarras qui affligèrent tant de ses jeunes rivales ; mais en ce cas, cette réaction avait dû s'évanouir au premier regard du jeune homme, qui avait probablement fait comprendre, sans aucun doute possible, l'hommage de son âme et la soumission de son cœur. Mais je fus bien témoin de leur troisième rencontre ; et là, toute ombre d'embarras avait disparu, sauf en fait ce délicat embarras inséparable d'une admiration passionnée. Du côté de Margaret, c'était comme si s'était brusquement découvert pour elle un nouveau monde, qu'elle n'avait même pas soupçonné accessible à l'expérience humaine. Elle ressemblait à un oiseau qui n'avait pas encore exercé ses capacités de s'élever et de voler, qui ne les avait pas encore comprises et qui n'avait jamais jusqu'alors trouvé un air capable de soutenir ses ailes ou de la tenter de donner libre cours à son élan naturel. Lui, de son côté, trouvait là pour la première fois la réalisation de ses rêves ; et au lieu de cette possibilité à laquelle il avait longuement réfléchi — avec la crainte que ce soit pour lui une chimère, ou bien qu'il ne rencontre jamais une femme répondant aux exigences de son cœur —, il découvrait maintenant une réalité qui leur était assortie et qui ne laissait rien à désirer.

Ici, jusqu'à présent, ce nouveau projet n'avait apporté que du bonheur. Mais, si bien peu de gens l'avaient prévu, pour ma part, j'avais encore moins prévu le malheureux bouleversement qui affecta complètement la personnalité de Ferdinand von Harrelstein. C'était le fils d'un baron allemand : ce dernier était de bonne famille, mais avait peu de biens ; il avait servi dans l'armée prussienne, presque comme un soldat de fortune ; il s'était acquis, à un âge avancé, une faveur suffisante auprès du roi et d'autres chefs militaires pour obtenir une charge d'officier, sous des auspices flatteurs, pour ce fils unique — un fils qui lui était cher parce qu'il avait partagé ses années difficiles et qu'il s'était conduit en enfant respectueusement affectueux. Ferdinand avait encore un autre titre à l'amour de son père : ses traits constituaient pour la mémoire précise du baron un souvenir particulièrement fidèle et vivant de son épouse angélique, qui était morte en donnant naissance à ce troisième enfant — le seul qui lui eût survécu durablement. Soucieux de voir son fils suivre une formation complète en mathématiques, qui devenait désormais plus importante d'année en année dans tous les corps d'artillerie de l'Europe, et acquérir une teinture des autres disciplines propres à une éducation libérale qui lui avaient fait cruellement défaut dans sa propre carrière militaire, le baron avait choisi de laisser son fils dans notre université pendant sept ans, jusqu'au moment où il allait avoir vingt-trois ans. Au cours des quatre dernières années, il avait vécu chez moi, où il était mon seul élève, le seul que je voulais avoir, si les brillantes propositions du jeune officier de la garde russe ne m'avaient persuadé de revenir sur ma décision. Ferdinand von Harrelstein était un garçon aux talents sûrs, non pas éblouissants mais respectables, avec un tempérament et des manières si aimables que je l'avais présenté partout et que partout on l'appréciait ; en fait partout, sauf précisément au seul endroit dans ce monde où il désirait être apprécié. C'était Margaret Liebenheim qu'il aimait, et qu'il aimait depuis des années avec toute la ferveur de son âme ardente ; c'était pour elle, ou sur son ordre, qu'il aurait volontiers accepté de mourir. Très tôt, il avait eu le sentiment que sa destinée reposait entre ses mains et que c'était elle qui devait être son bon ou son mauvais génie.

Au début, et peut-être jusqu'au bout, il m'a inspiré une très grande pitié. Mais ma pitié a bientôt cessé d'être mêlée de respect. Avant l'arrivée de M. Wyndham, il s'était montré généreux, voire magnanime. Mais jamais ne se produisit dans une noble nature de retournement aussi pénible que celui qui se manifesta chez lui. Je pense qu'il ne soupçonnait pas lui-même la force de sa passion ; et il n'avait d'autre ressource, comme je l'ai dit souvent, que... de quitter la ville ; de s'engager dans quelque grand projet prenant, dans le monde des affaires, de la politique ou de la science. Mais il m'écoutait comme l'eût fait un somnambule — en rêvant les yeux ouverts. Tantôt, en proie à des accès de rêverie, il avait des sursauts, des craintes, il était dans tous ses états ; tantôt il se lançait dans des gestes furieux de colère, invoquait une personne absente, priait, suppliait, menaçait un fantôme impalpable ; tantôt il se glissait dans des coins solitaires, il se marmonnait des choses à lui-même avec des gestes tristement significatifs, des intonations et des bribes de reproche qui inspiraient de la compassion aux plus insensibles. Mais toujours il faisait la sourde oreille au seul conseil pratique susceptible de parvenir jusqu'à lui. Comme un oiseau fasciné par un serpent à sonnettes, il ne parvenait pas à rassembler les forces de sa nature pour faire l'effort de s'envoler. « Partez pendant qu'il en est encore temps ! » lui disaient les gens, tout comme moi ; car je n'étais pas le seul à en voir suffisamment pour craindre une catastrophe effroyable. « Ne nous soumets pas à la tentation ! » lui dit son confesseur, quand j'étais à portée de voix (car, bien que prussiens, les Von Harrelstein étaient catholiques), « Ne nous soumets pas à la tentation ! — voilà la prière que nous adressons à Dieu tous les jours. Eh bien, mon fils, si vous êtes soumis à la tentation, ne persistez pas à courtiser, ni même à tenter, pour ainsi dire, la tentation ! Essayez les effets de l'absence, ne serait-ce qu'un mois. » Le bon père lui laissa même entrevoir la possibilité de lui imposer une pénitence qui aurait entraîné une absence d'une certaine durée. Mais il dut y renoncer ; car il vit que, sans faire aucun bien, il ne ferait qu'ajouter une désobéissance spirituelle aux autres fautes du jeune homme. C'est Ferdinand lui-même qui attira son attention sur ce point en lui disant : « Mon révérend père ! Avec votre intention de m'éloigner de la tentation, ne soyez pas vous-même son instrument, en me donnant la tentation de me révolter contre l'Église. Ne dressez pas des pièges sous mes pas ; des pièges, il y en a déjà, et beaucoup trop. » Le vieil homme soupira et renonça.

Puis arriva... mais il suffit ! Accablé de pitié, de sympathie, de conseils, de consolations et de mépris — le pauvre cerf, blessé également par tout cela, « se retira au fond de la forêt sauvage[1] » ;

1. Wordsworth, « Effusion poétique dans le parc sur les rives de la Bran, près de Dunkeld », v. 128.

il se réfugia des jours entiers dans les solitudes de la forêt ; et je ne cessais d'espérer et de prier pour que ce fût pour de bon et pour longtemps ; mais, hélas ! non : il ne cessait de revenir sur les lieux où son bonheur avait été détruit et ses espoirs ensevelis, et à chaque retour, il semblait de plus en plus n'être que l'ombre de lui-même ; et une fois, j'entendis un moine, dont le couvent était situé près des portes de la ville, observer avec clairvoyance : « Voici quelqu'un qui est également prêt à agir ou à souffrir, dont nous apprendrons bientôt qu'il est mêlé à une grande catastrophe — peut-être un grand malheur, peut-être une faute inoubliable. »

Voilà où nous en étions ; le mois de janvier se terminait ; le temps devenait de plus en plus hivernal ; des vents violents et glacés se déchaînaient dans nos rues étroites ; pourtant l'ardeur des festivités défiait les tempêtes qui hurlaient dans nos vieilles forêts. Du fait que nos magistrats étaient choisis parmi les commerçants de la cité, les réceptions prenaient plus d'importance ici qu'ailleurs ; car, au cours de leurs fonctions officielles, tous les membres de la corporation donnaient chacun deux fêtes annuelles. Il existait une telle émulation entre eux que souvent ils dépensaient pour ces galas le quart de leur revenu annuel. Et cela n'entraînait aucun ridicule ; car on considérait que tout l'argent dépensé pour la fête était l'expression d'un orgueil *officiel*, un service rendu en l'honneur de la ville et non la volonté de faire étalage de ses biens personnels. Étant donné l'esprit dans lequel ces bals semi-annuels avaient été institués, il s'ensuivait que, comme ils étaient donnés au nom de la ville, tous les étrangers d'un certain rang étaient traités en hôtes de marque, et l'hospitalité de la communauté aurait été également déshonorée, s'ils n'avaient pas été invités ou s'ils n'avaient pas accepté l'invitation.

C'est ainsi que l'officier de la garde impériale russe avait été introduit dans bien des familles qui, autrement, n'auraient pas pu espérer un tel honneur. Le soir du 22 janvier 1816 auquel j'en arrive maintenant, toute la ville représentée par ses classes les plus riches était rassemblée sous le toit d'un commerçant qui avait le cœur d'un prince. La réception qu'il nous offrait était en tout point superbe ; et je remarquai que la musique était la plus belle qu'il m'eût été donné d'entendre depuis des années. Notre hôte était d'humeur joyeuse ; il était fier d'observer la compagnie brillante qu'il avait réunie sous son toit, heureux de voir le bonheur de ces gens, plein d'entrain devant leur propre entrain. Joyeux était le bal — et joyeux tous les visages que je vis — jusqu'à minuit ; bientôt après on annonça le dîner ; et c'était là aussi, je pense, le plus joyeux des banquets auxquels j'aie jamais assisté. L'officier de la garde, avec toutes ses qualités, fut encore plus brillant que d'habitude ; même sa mélancolie semblait se détendre. En réalité, comment aurait-il pu en être autrement ? Près de lui était assise Margaret Liebenheim — suspendue à ses paroles —, plus éclatante et fascinante que je ne l'avais jamais vue. C'était l'hôte qui l'avait placée là ; et tout le monde savait pourquoi. C'est l'un des privilèges de l'amour : tous les hommes cèdent leur place avec plaisir, les femmes s'effacent ; elle aussi savait bien, même si elle n'était pas obligée de le savoir, pourquoi elle était assise près de lui, et elle avait pris place, les joues certes colorées par un léger rose, mais le cœur débordant de bonheur.

L'officier de la garde s'avança vers Mlle Liebenheim pour lui demander la prochaine danse — mouvement qu'elle favorisa aussitôt en reculant derrière une ou deux personnes pour éviter quelqu'un qui semblait venir vers elle. De nouveau, la musique se mit à inonder de ses vagues voluptueuses le cœur bondissant de la jeunesse. De nouveau, les pas ailés des danseurs se mirent à suivre la cadence ; de nouveau, le souffle croissant du plaisir se mit à gonfler les voiles de la nuit qui s'avançait avec une intensité constante. Tout se déroulait heureusement. Déjà une danse avait pris fin ; certains danseurs parcouraient la salle de long en large en se donnant le bras ; d'autres se reposaient de leur exercice quand — ô Ciel ! Quel cri ! Quel tumulte grandissant !

Tous les regards se tournèrent vers les portes — tous les regards se tendirent dans cette direction pour découvrir ce qui se passait. Mais à chaque instant, il y avait de moins en moins à voir, car la foule qui s'y agglutinait de plus en plus faisait écran ; et l'oreille n'en percevait que mieux les cris qui redoublaient. Mlle Liebenheim était parvenue jusqu'à la foule. De sa grande taille, elle dominait toutes les dames, à l'endroit où elle se tenait. Au centre se tenait une jeune fille de la campagne, dont le visage lui était familier depuis quelques mois. Elle était arrivée en ville récemment et vivait chez son oncle, un commerçant, à moins de dix portes de la maison de Margaret : elle avait à la fois le statut de parente et de domestique à l'essai. À cet instant, elle était épuisée par les émotions et la nature du choc qu'elle venait de subir. Elle semblait en proie à une véritable panique ; elle s'appuyait, l'air égaré et en larmes, sur l'épaule d'un monsieur qui essayait de la calmer. Un silence horrifié semblait s'être emparé des personnes présentes, dont la plupart ignoraient encore la raison de cette inquiétante interruption. Mais quelques-unes, qui avaient entendu ses premières paroles confuses et qui trouvaient qu'il était inutile d'attendre une explication plus complète, sortirent alors en tumulte de la salle de bal pour se rendre compte directement sur place. Ce n'était pas loin ; et en moins de cinq minutes, plusieurs personnes revinrent en toute hâte et crièrent à la foule des dames rassemblées que tout ce qu'avait dit la jeune fille était vrai. « Qu'est-ce qui était vrai ? » Que la famille de son oncle, M. Weishaupt, avait été assassinée, qu'aucun de ses membres n'avait été épargné : M. Weishaupt lui-même et sa femme, qui n'avaient guère plus de soixante ans l'un et l'autre, mais dont la santé était très dégradée pour leur âge ; deux sœurs célibataires de M. Weishaupt, ayant l'une quarante et l'autre quarante-six ans, et une domestique d'un certain âge.

Un incident se produisit pendant le récit de ces horreurs et des détails qui s'ensuivirent, qui alimenta la conversation même pendant ces heures où cette affaire d'un intérêt si palpitant occupait tous les esprits. Beaucoup de dames s'évanouirent, parmi lesquelles Mlle Liebenheim ; et elle serait tombée par terre si Maximilian ne s'était pas précipité pour la prendre dans ses bras. Elle fut longue à revenir à elle ; et durant la pénible attente, il se pencha pour baiser ses lèvres pâles. Ce spectacle fut plus que ne pouvait en supporter quelqu'un qui se tenait un peu en arrière du couple. Il se précipita, les yeux furieux comme ceux d'un tigre, et frappa Maximilian. C'était ce pauvre fou de Von Harrelstein qui s'était absenté une semaine dans la forêt. Plusieurs personnes s'avancèrent pour arrêter son bras, déjà levé pour recommencer cet outrage. Une ou deux eurent assez de poids pour l'éloigner de ce lieu ; quant à Maximilian, il était si préoccupé qu'il ne s'était même pas aperçu de l'affront qu'il avait reçu. En revenant à elle, Margaret se sentit confuse de se trouver ainsi au milieu d'une grande foule ; mais les prudes estimèrent qu'il y avait à redire parce que Maximilian et elle avaient échangé un regard tendre qu'elle n'aurait pas dû laisser lui échapper dans une telle situation. Si, par « une telle situation », on voulait dire qu'elle se trouvait en public, il faut aussi se rappeler qu'il s'agissait d'une situation de très grande confusion ; mais si l'on faisait ainsi allusion aux horreurs que l'on apprenait à cet instant, aucune situation n'ouvre plus spontanément le cœur à l'affection et à un amour confiant que lorsque l'on se détourne de scènes de terreur intense.

Une enquête fut diligentée par les magistrats pendant la nuit, mais tout restait obscur, même si les soupçons se portaient sur un Nègre du nom d'Aaron, qui avait parfois été employé par la famille à des tâches domestiques et s'était trouvé dans la maison immédiatement avant le meurtre. Les circonstances étaient telles que chacun restait perplexe quand il s'agissait de déterminer si elles plaidaient en sa faveur ou contre lui. Son mode de défense et son comportement général étaient caractérisés par l'indifférence la plus froide, voire la plus sarcastique. Sa première réaction, en apprenant les soupçons qui pesaient sur lui, fut de rire avec force et, selon toute apparence, en toute franchise et de bon cœur. Il demanda si un pauvre homme comme lui aurait laissé dans la maison, sans y toucher, autant d'objets de valeur : des pendulettes en or, de la vaisselle en argent massif, des tabatières en or. Assurément, cet argument plaidait beaucoup en sa faveur. Mais pourtant, il se retourna contre lui — car le magistrat lui demanda comment il se trouvait qu'il savait déjà, *lui*, que l'on n'avait touché à rien. C'était la vérité, et ce fait avait intrigué les magistrats autant qu'il les avait impressionnés — lors de l'examen les lieux, de nombreux articles coûteux de *bijouterie**, des pierres précieuses et des ornements personnels avaient été retrouvés, apparemment à leur place habituelle, sans avoir été dérangés ; il s'agissait d'articles si faciles à transporter que, même dans une fuite très précipitée, certains auraient pu être dérobés. Il y avait notamment un crucifix en or, enrichi de pierres précieuses si grosses et si rares qu'à lui seul il aurait représenté un butin d'un grand prix. Pourtant, on n'y avait pas touché, alors qu'il était suspendu dans un petit oratoire, magnifiquement décoré par l'aînée des deux sœurs célibataires ; il y avait là un autel, un objet splendide en lui-même, où étaient réunis tous les objets servant à célébrer la messe en privé, dont le matériau et le travail étaient des plus précieux. Ce crucifix, comme tout ce qui se trouvait dans ce petit cabinet, avait sûrement été vu par l'un des assassins au moins ; car c'était là que s'était réfugiée l'une des vieilles demoiselles ; c'était là que l'avait poursuivie l'un des meurtriers ; elle avait serré dans ses bras les piliers dorés de l'autel ; elle avait peut-être jeté un dernier regard avant de mourir sur le crucifix ; car c'était là, un bras encore enlacé autour du pied de l'autel, mais la tête retournée dans son agonie, que l'aînée des demoiselles gisait, quand les magistrats enfoncèrent la porte donnant sur la rue. Et le magnifique *parquet** ou sol marqueté qui faisait le tour de la pièce portait encore les traces de pas du meurtrier. Voilà qui pouvait peut-être, espérait-on, fournir un indice permettant de retrouver au moins l'un des assassins. Ces traces étaient difficiles à suivre avec précision ; celles qui étaient sur les *tessellae*[1] noires avaient un contour moins net que celles sur les parties blanches ou de couleur. Sans aucun doute, dans la mesure où l'on pouvait s'y fier, ces traces constituaient un indice en faveur du Nègre, car les pas avaient une forme très différente des siens, et ils étaient plus petits, Aaron étant bâti comme un colosse. Quant à la connaissance qu'il avait de l'état dans lequel on avait trouvé les lieux et à la façon dont il s'était en confiance appuyé sur le fait qu'aucun vol n'avait été commis pour défendre sa cause, il prétendit qu'il se trouvait parmi la foule qui s'était engouffrée dans la maison en même temps que les magistrats ; que, grâce à sa connaissance antérieure des lieux et de leur état habituel, un simple coup d'œil lui avait suffi pour vérifier que tous les objets de valeur particulièrement exposés à la convoitise d'un voleur

1. Ce terme (« tesselles ») désigne les petits fragments de verre ou de pierre utilisés dans la mosaïque, ce qui s'accorde mal avec le « parquet » évoqué plus haut, mais aussi avec la description de ce qui ressemble plutôt à des dalles.

avaient été laissés intacts ; qu'en fait il en avait vu assez pour fonder son argument, avant d'être expulsé avec le reste de la foule par les magistrats ; mais que, en définitive, indépendamment de tout cela, il avait entendu aussi bien les policiers, quand ils l'escortaient, que la foule tumultueuse de la rue parler du caractère mystérieux de cette affaire de sang, du fait même que tant d'or, d'argent et de bijoux était resté en place sans que l'on y touche.

Six semaines, au maximum, après la date de ce terrible événement, les magistrats, à la majorité des voix, remirent le Nègre en liberté. Pendant ce court intervalle, d'autres événements s'étaient produits, non moins terribles et mystérieux. Si, dans ce premier meurtre, le mobile était obscur et inintelligible, la méthode ne l'était pas. Des assassins apparemment ordinaires, et avec des moyens ordinaires, avaient attaqué une famille sans défense qui ne s'y attendait pas ; ses membres avaient été séparés ; ils avaient été attaqués individuellement alors qu'ils fuyaient (car dans cette affaire, à une exception près, toutes les victimes avaient apparemment tenté de gagner la porte donnant sur la rue) ; et dans tout cela, il n'y avait pas lieu de se poser de questions, sauf la question première, celle du mobile. Mais alors survint une série d'assassinats destinés à reléguer dans l'ombre le premier. Il était maintenant impossible de ne pas être sur ses gardes ; cependant les tragédies qui désormais se déroulèrent devant nos yeux l'une après l'autre, tristement, tranquillement, ou en groupes terrifiants, semblaient indiquer une léthargie comme celle de l'apoplexie chez toutes les victimes, sans exception. Les ténèbres profondes de la terreur et du mystère gagnèrent tous les esprits.

Trois semaines s'étaient écoulées depuis le meurtre chez M. Weishaupt — les trois semaines les plus troublées que l'on eût connues dans cette ville située à l'écart. Nous nous trouvions isolés, réduits à nos propres ressources. Toute association avec d'autres villes était inutile, à cause de leur grand éloignement. Notre situation n'était pas banale. S'il y avait eu de mystérieux voleurs parmi nous, les risques de recevoir leur visite, divisés par notre grand nombre, auraient été trop faibles pour tourmenter les plus craintifs ; tandis que chez les jeunes gens bouillonnant d'ardeur, avec du courage à revendre pour les épreuves ordinaires, une telle expectative aurait fait battre les cœurs dans une attente agréable. Mais des assassins ! des assassins qui vous exterminaient ! — enveloppés de mystère et d'obscurité totale —, voilà qui, pour une famille, était trop terrifiant à envisager d'une âme forte. Si ces assassins avaient ajouté le vol à leurs fonctions, ils auraient semblé moins terrifiants ; neuf personnes sur dix se seraient senties exclues, en quelque sorte, de la liste de ceux qui pouvaient s'attendre à une visite ; tandis que ceux qui pouvaient s'y attendre auraient été avertis du danger, de par leur richesse ; et grâce aux richesses mêmes qui constituaient ce danger, ils auraient trouvé les moyens de l'écarter. Mais dans une telle situation, personne n'était en mesure de deviner ce qui faisait nécessairement de lui une cible pour les assassins. L'imagination se perdait en vaines conjectures sur les causes qui pouvaient bien faire des pauvres Weishaupt l'objet d'une telle haine pour qui que ce fût. C'est vrai qu'ils étaient bigots, à un point qui dénotait une faiblesse intellectuelle ; mais *cela* ne blessait personne en particulier, tandis que, pour beaucoup, cela constituait une recommandation. Il est vrai que leur charité était étriquée et sélective, mais pour leurs coreligionnaires, elle était large et munificente ; et comme leur richesse dépassait leurs besoins, ou les dépenses que permettait leur triste ascétisme, ils avaient les moyens de faire beaucoup de bien parmi les papistes indigents des faubourgs. Quant au vieux M. Weishaupt et à sa femme, leurs infirmités les retenaient chez eux. Personne ne se souvenait de les avoir vus sortir depuis des années. Comment et où auraient-ils donc pu se faire un ennemi ? Quant aux sœurs célibataires de M. Weishaupt, c'étaient seulement des personnes faibles d'esprit, parfois un peu trop médisantes, mais dont la situation ne les exposait à nul danger sérieux d'aucune sorte, et dont on parlait trop peu en société pour qu'elles puissent retenir l'attention de quelqu'un.

Imaginez donc que trois semaines se sont écoulées, que les pauvres Weishaupt ont été enterrés dans cet étroit sanctuaire qu'aucune voix d'assassin ne violera jamais. La tranquillité n'est pas revenue parmi nous, mais les premières agitations de la panique se sont calmées. Les gens recommencent à respirer librement ; et un autre délai comparable aurait vraisemblablement cicatrisé nos blessures, lorsque — écoutez !... une cloche d'église sonne vigoureusement le tocsin... la nuit étoilée est glaciale... on entend les notes métalliques, claires, solennelles mais agitées. Qu'est-ce que cela pouvait bien signifier ? Je me suis précipité dans une pièce au-dessus de la loge du concierge et, en ouvrant la fenêtre, j'ai crié à un homme qui passait en dessous, en se hâtant : « Seigneur Dieu, que signifie tout cela ? » C'était un veilleur de nuit de notre quartier. Je reconnus sa voix ; il reconnut la mienne ; il me répondit, d'un ton très troublé :

« C'est un nouveau meurtre, monsieur, chez le vieux conseiller municipal Albernass ; et cette fois-ci, ils ont vidé la maison.

— Que Dieu nous garde ! Une malédiction s'est-elle abattue sur cette ville ? Que peut-on faire ? Que vont faire les magistrats ?

— Je n'en sais rien, monsieur. J'ai reçu l'ordre de courir chez les dominicains où se tient une nouvelle réunion. Dois-je leur dire que vous y serez, monsieur ?

— Oui... Non... Arrêtez un instant. Ce n'est rien, vous pouvez y aller ; je vous suis immédiatement. »

Tout de suite, je suis allé dans la chambre de Maximilian. Allongé sur un sofa, il dormait ; cela ne m'a pas surpris, car il y avait eu dans la matinée une rude chasse à courre. À cet instant précis, mon attention fut retenue par deux choses, et je me suis arrêté pour les regarder. D'abord, Maximilian lui-même. Une personnalité aussi mystérieuse éclipsait tout le reste, même dans un moment pareil ; surtout à cause de ses traits qui, composés par un profond sommeil, comme cela arrive parfois, prenaient une expression nouvelle — qui me frappa, surtout en réveillant le vague souvenir d'avoir vu les mêmes traits dans d'autres circonstances, à une époque lointaine ; mais où donc ? Je ne parvenais pas à me le rappeler, même si, une fois auparavant, une idée comparable m'avait traversé l'esprit. Le deuxième objet qui avait attiré mon attention était une miniature que Maximilian tenait dans sa main. Il s'était, apparemment, endormi en regardant ce portrait ; et la main qui le tenait avait glissé sur le sofa, si bien qu'il risquait de tomber. J'ai pris la miniature de sa main, pour la regarder attentivement ; elle représentait une dame qui avait le teint hâlé des Orientales et les traits les plus nobles que l'on puisse concevoir. On aurait pu imaginer que cette dame, avec ses mèches couleur de jais et ce regard impérial, était la favorite d'un sultan Mourad ou d'un Mohammed. Qui était-ce pour Maximilian ? Ou plutôt qu'avait-elle été ? Car, à cause d'une larme que je l'avais vu verser un jour sur cette miniature, quand il ne se croyait pas observé, j'ai supposé que ses tresses noires étaient déjà enterrées et que le nom de la dame était sur la liste des êtres disparus. C'était probablement sa mère, car sa robe, ornée de perles, était manifestement celle d'une personne d'un très haut rang parmi les beautés de la Cour. J'ai soupiré en pensant à la profonde mélancolie de son fils (s'il s'agissait bien de Maximilian), qui avait probablement un lien avec le destin et le malheur de cette beauté majestueuse, dont le beau visage avait une expression un peu hautaine peut-être, mais cependant noble, généreuse, confiante. Après avoir posé la miniature sur la table, j'ai réveillé Maximilian, pour lui apprendre les terribles nouvelles. Il a écouté attentivement, sans faire de remarques, mais il a proposé que nous allions ensemble à la réunion de notre quartier, chez les dominicains. Il a rougi en voyant la miniature sur la table, et c'est pourquoi je lui ai dit franchement où je l'avais trouvée et comment j'avais pris la liberté de l'admirer quelques instants. Il l'a pressée tendrement sur ses lèvres, a poussé un profond soupir, et nous sommes partis ensemble.

Je passe sur l'état d'excitation dans lequel nous avons trouvé la société réunie. La peur, ou plutôt l'horreur n'était pas favorable à l'harmonie ; beaucoup de participants se disputèrent en discutant des mesures envisagées, et Maximilian fut le seul à être écouté ; il proposa, dans chaque quartier, une patrouille de nuit à cheval. Et en particulier, comme il était lui-même membre de l'université, il suggéra que les étudiants forment une petite troupe, pour aller à tour de rôle faire bonne garde du coucher au lever du soleil. Les rares personnes qui gardaient toute leur raison prirent les mesures nécessaires pour cela et, pour l'heure, on se sépara.

En fait, jamais événements n'ont révélé aussi nettement la différence d'un homme à l'autre. Dans le feu de l'action, certains se transformaient brusquement en héros. D'autres — malheureusement pour la dignité de l'homme ! — sombraient dans une imbécillité impuissante. Dans certains cas, les femmes se montraient supérieures aux hommes, mais pourtant pas aussi souvent que cela aurait pu se produire si le danger avait été moins mystérieux. Une femme ne perd pas sa féminité parce qu'elle affronte le danger avec courage. Mais à propos du courage des femmes, j'ai remarqué qu'il a besoin, plus que celui des hommes, de se nourrir d'espoir ; et qu'il s'effondre plus sûrement en présence d'un danger *mystérieux*. L'imagination des femmes est plus active, sinon plus forte, et elle influence plus directement leur nature physique. Dans cette affaire, bien peu de femmes firent ne serait-ce que semblant de défier le danger. Chez *elles*, au contraire, la peur prit la forme de la tristesse ; tandis que chez beaucoup d'hommes elle prit celle de la colère.

Et comment se conduisit l'officier de la garde russe au milieu de toute cette panique ? Beaucoup s'étonnèrent de son comportement ; certains s'en plaignirent ; moi, je ne fis ni l'un ni l'autre. Il s'intéressa raisonnablement à chaque affaire, écouta les détails attentivement et, pendant l'interrogatoire des personnes capables d'apporter des témoignages, il ne manqua jamais de poser des questions judicieuses. Mais il ne cessa de manifester une froideur qui frisait presque l'indifférence, ce qui paraissait choquant pour beaucoup. Je priai cependant ces gens-là de remarquer que les autres étudiants d'origine militaire, qui avaient longtemps servi dans l'armée, avaient exactement les mêmes sentiments. En fait, pendant les dix dernières années, le service militaire dans les pays de la Chrétienté n'avait absolument rien eu d'une parade ; et pour ceux, donc, qui connaissaient toutes les formes de boucherie atroce, les manifestations purement extérieures des atrocités de la mort avaient perdu une bonne partie de leur terreur. Dans le dernier meurtre, il n'y avait pas eu grand-chose pour susciter la sympathie. La famille se composait de deux vieux célibataires, de leurs deux sœurs et d'une petite-nièce. Cette dernière s'était absentée pour rendre une visite, et les deux vieillards étaient des avares cyniques dont la personne suscitait peu d'intérêt. Mais dans ce cas comme dans celui des Weishaupt, le même mystère double troublait les esprits en général : le mystère du *comment*, et celui plus profond encore du *pourquoi*. Là encore, pas le moindre bien n'avait été volé, alors que les deux avares avaient des hordes de ducats et de guinées anglaises dans la pièce même où ils étaient morts. Là encore, même si leur vice était impopulaire, il leur avait valu de rester inconnus plutôt que de les rendre détestables. Sur un point, l'affaire différait de la précédente de façon mémorable : au lieu de tomber sans défense devant leurs assassins ou de chercher à s'enfuir (comme l'avaient fait les Weishaupt), ces vieillards robustes, déterminés et moins paralysés par la surprise, avaient laissé des traces d'une résistance farouche ; une partie du mobilier avait été réduite en morceaux et d'autres détails prouvaient de manière encore plus choquante l'*acharnement** avec lequel la lutte s'était déroulée. En fait, avec *ces deux-là*, la surprise n'avait pas dû être possible, car ils ne recevaient pas de visiteurs dans leur maison. On trouva curieux que chacune de ces tragédies domestiques dut se solder par un avantage de même nature pour de jeunes personnes ayant des liens de parenté presque identiques. La jeune fille qui avait donné l'alerte au bal et ses deux petites sœurs, plus un jeune neveu orphelin qui était leur cousin, se partagèrent l'immense héritage des Weishaupt ; dans la dernière affaire, les économies accumulées pendant deux longues vies revinrent intégralement à la personne de l'aimable petite-nièce.

Mais voilà que, comme pour ridiculiser toutes nos consultations inquiètes et nos savants stratagèmes, trois nouveaux crimes se produisirent pendant les deux nuits qui suivirent l'adoption de ces nouvelles dispositions. Dans un cas au moins, dans la mesure où l'on pouvait fixer l'heure avec précision, la patrouille à cheval avait dû être à portée de voix à l'instant même où avait lieu la terrible besogne. Je n'insisterai pas, mais quelques détails sont trop intéressants pour être passés sous silence. La première affaire, au cours de la première des deux nuits, concernait un corroyeur. Il avait cinquante ans ; il n'était pas riche, mais à l'aise. Sa première femme était morte et les filles qu'il avait eues d'elle étaient mariées et n'habitaient plus chez leur père. Il avait épousé une seconde femme, mais comme il n'avait pas eu d'enfants d'elle et n'avait pas de domestiques, selon toute probabilité et sauf accident, il n'y avait sans doute pas de troisième personne dans la maison au moment où les assassins y entrèrent. Vers 7 heures, un voyageur, compagnon de la corporation des corroyeurs qui accomplissait alors ses *Wanderjahre*[1] conformément à la tradition allemande, entra dans la ville en venant de la forêt. À la grande porte, il s'informa sur les corroyeurs et les tanneurs de la ville et, conformément aux renseignements qu'il avait reçus, il se rendit chez ce M. Heinberg. Ce dernier refusa de le laisser entrer tant qu'il n'aurait pas expliqué le but de sa visite ; le voyageur glissa sous la porte une lettre de recommandation d'un correspondant silésien le décrivant comme un excellent ouvrier, très appliqué. Parce qu'il avait besoin d'un tel ouvrier et qu'il avait la preuve, par les réponses

1. Littéralement, les « années itinérantes » ; terme allemand désignant la période pendant laquelle le futur compagnon accomplit son apprentissage en allant d'un maître à l'autre.

qu'il avait reçues, que cet homme était bien ce qu'il prétendait être, M. Heinberg tira le verrou de la porte et le laissa entrer. Puis, après avoir remis le verrou en place, il l'invita à s'asseoir près du feu, lui apporta un verre de bière, parla avec lui dix minutes et lui dit : « Vous feriez bien de passer la nuit ici ; je vous dirai pourquoi plus tard ; mais à présent je vais monter demander à ma femme si elle peut vous préparer un lit ; et vous, surveillez bien la porte en mon absence. » Là-dessus, il quitta la pièce. Il n'était pas parti depuis une minute que l'on frappa doucement à la porte. Il pleuvait à verse ; et comme le jeune homme était étranger à la ville et ne se doutait pas que dans un lieu si peuplé pouvait exister une situation comme celle-ci, il fit entrer sans hésitation la personne qui frappait. Il a déclaré depuis — mais peut-être en confondant les impressions qui lui venaient de l'expérience avec celles du moment — qu'à l'instant où il avait tiré le verrou il se doutait qu'il avait mal agi. Un homme entra, vêtu d'un manteau de cavalier, si emmitouflé que le compagnon ne put distinguer aucun de ses traits. À voix basse, l'étranger demanda : « Où est Heinberg ? — En haut. — Alors, dis-lui de descendre. » Le compagnon alla à la porte par laquelle M. Heinberg l'avait quitté pour sortir et cria : « Monsieur Heinberg, y a quelqu'un qui vous demande. » M. Heinberg l'entendit, car le compagnon saisit ces mots : « Mon Dieu, mon Dieu ! Cet homme a-t-il ouvert la porte ? Oh, le traître ! Je le vois bien. » Après quoi, le compagnon se sentit de plus en plus consterné, mais sans savoir pourquoi. C'est à ce moment qu'il entendit un bruit de pas derrière lui. En se retournant, il vit trois hommes de plus dans la pièce ; l'un refermait la porte de la rue ; un autre retirait des armes d'une armoire ; deux autres se parlaient à voix basse. Il était lui-même troublé et perplexe, et il avait l'impression que les choses n'étaient pas normales. Sa confusion était telle que sans doute tous ces hommes devaient avoir le visage emmitouflé, ou, du moins, il ne se souvenait de rien distinctement, si ce n'est de deux yeux féroces fixés sur lui. Alors, avant que le compagnon ait pu se retourner, surgit derrière lui un homme qui lui enfila un sac sur la tête, lequel fut descendu jusqu'à la taille et serré très fort, de façon à lui entraver les bras, mais aussi à l'empêcher partiellement d'entendre, et tout à fait de parler. On le poussa alors dans une pièce ; mais auparavant, il avait entendu un bruit de pas montant précipitamment l'escalier, des paroles comme celles d'une personne qui se réjouissait, puis une porte se referma ; elle se rouvrit ensuite et il distingua une voix qui disait : « Et aussi *pour ça !* » ; à quoi une autre voix répondit, sur un ton qui lui ébranla le cœur : « Oui, pour *ça*, monsieur. » Puis la même voix continua de dire rapidement : « Espèce de chien ! Que pouvais-tu espérer ? » — et là-dessus, la porte se referma. À un moment, il crut entendre une bagarre et il eut la certitude d'entendre un bruit de pas précipités, comme s'ils couraient d'un coin à l'autre de la pièce. Mais ensuite, tout redevint calme et silencieux, pendant environ six ou sept minutes, et alors une voix lui dit à l'oreille : « Allons, attends tranquillement que des gens viennent te délivrer. Cela va se faire dans la demi-heure. » C'est ainsi qu'avant la fin de ce délai il entendit de nouveau un bruit de pas dans la maison, qu'on le dégagea de ses liens et qu'on le conduisit au poste de police pour y raconter sa version des faits. On avait retrouvé M. Heinberg dans sa chambre à coucher. Il était mort de strangulation et la corde était encore serrée autour de son cou. Pendant toute cette scène atroce, sa femme avait été enfermée dans un cabinet où elle n'avait rien vu ni entendu.

Dans la deuxième affaire, la victime de la vengeance était, encore une fois, un homme d'âge mûr. Toutes les personnes qui composaient ordinairement la famille étaient absentes ; elles étaient toutes à la campagne, sauf le maître de maison et une domestique. C'était une femme courageuse, dotée de nerfs très solides ; on pouvait donc compter sur elle pour rapporter avec exactitude tout ce qu'elle avait vu et entendu. Mais les choses tournèrent autrement. Le premier indice qu'elle eut de la présence des assassins, ce fut le bruit de leurs pas et de leurs voix, quand ils étaient déjà dans le vestibule. Elle entendit son maître s'y précipiter en criant : « Seigneur Jésus ! Marie, Marie, sauve-moi ! » La domestique, bien décidée à lui apporter l'aide dont elle était capable, saisit un grand tisonnier ; elle se précipita à son secours, mais elle s'aperçut qu'ils avaient cloué la porte de communication en haut de l'escalier. Ce qui se passa ensuite, elle n'était pas en mesure de le dire ; car, lorsque son geste spontané de dévouement intrépide fut arrêté et qu'elle s'aperçut que sa propre sécurité dépendait d'un dispositif qui l'empêchait tout à fait d'aider un malheureux semblable qui venait d'invoquer son nom, cette brave femme fut saisie d'une grande angoisse et s'écroula dans l'escalier — où elle resta étendue, inconsciente de tout ce qui suivit, jusqu'au moment où elle se retrouva portée dans les bras de la foule qui avait investi la maison. Mais comment la foule s'était-elle retrouvée à l'intérieur ? D'une manière spécialement affreuse. C'était une nuit étoilée ; les patrouilles avaient parcouru la rue sans rien remarquer de suspect, lorsque deux piétons qui les suivaient remarquèrent un filet de liquide sombre qui traversait la chaussée. Au même instant, l'un d'eux, remontant des yeux le cours de ce liquide, remarqua qu'il venait de sous la porte de M. Münzer ; et après avoir trempé le doigt dans ce liquide qui s'écoulait lentement, il le tendit vers le réverbère en s'écriant sur le moment : « Mais c'est du sang ! » C'en était, en effet, et encore tiède. L'autre piéton vit cela, entendit cela et, telle une flèche, se précipita pour rejoindre la patrouille à cheval qui franchissait alors le coin de la rue. Un seul cri, chargé de sens, suffit pour des oreilles prévenues. Les cavaliers retinrent leurs chevaux, leur firent faire demi-tour et, l'instant d'après, s'arrêtèrent devant la porte de M. Münzer. La foule, qui s'agglutinait comme la neige chassée par le vent, fournit des outils qui bientôt forcèrent les chaînes de la porte et tous les autres obstacles. Mais les assassins avaient disparu sans laisser subsister de traces de leurs personnes, comme d'habitude.

Un meurtre se produisait rarement sans que l'on relevât une particularité plus ou moins intéressante. Au cours de celui qui eut lieu la nuit suivante, qui constituait le cinquième de la série, un incident marquant introduisit de la variété dans la monotonie de ces horreurs. Dans ce cas, les victimes désignées étaient deux dames âgées qui dirigeaient un pensionnat de jeunes filles. Les élèves, en vacances, n'étaient pas encore de retour ; mais deux sœurs, des jeunes filles de treize et seize ans qui habitaient loin, étaient restées à l'école pendant toutes les vacances de Noël. Ce fut la plus jeune des deux qui fournit le seul témoignage valable, un témoignage qui ajouta une nouvelle cause d'inquiétude à la panique actuelle. Voici le contenu de sa déclaration : la veille du meurtre, elles étaient assises, sa sœur et elle, avec les vieilles dames dans une pièce donnant sur la rue ; les dames lisaient, les jeunes filles dessinaient. Louisa, la cadette, avait toujours l'oreille réceptive au moindre bruit, et une fois elle crut entendre le craquement d'un pas dans l'escalier. Elle ne dit rien ; mais elle se glissa hors de la pièce pour s'assurer que les deux domestiques étaient dans la cuisine et n'étaient donc pas absentes ; que toutes les portes et fenêtres par lesquelles on pouvait entrer étaient non seulement fermées, mais verrouillées et barricadées — ce qui excluait toute possibilité d'intrusion à l'aide de fausses clefs. Néanmoins, elle était persuadée d'avoir entendu le bruit d'un pas lourd dans l'escalier. Il faisait jour, cependant, et cela lui redonna confiance, si bien que, sans faire part de sa peur à personne, elle trouva le courage de parcourir la maison dans tous les sens ; et comme elle ne vit rien, n'entendit rien, elle en conclut que ses oreilles avaient été trop sensibles. Cependant, cette nuit-là, alors qu'elle était dans son lit, elle fut saisie de vagues terreurs, surtout parce qu'elle pensait que, dans une maison si grande, elle avait pu négliger d'inspecter tel ou tel cabinet et, en particulier, elle ne se souvenait pas d'avoir examiné un ou deux coffres où un homme aurait pu facilement se dissimuler. Elle resta éveillée une grande partie de la nuit ; mais, lorsqu'une des églises de la ville sonna 4 heures, elle se libéra de ses angoisses et s'endormit. Le lendemain, fatiguée par cette veille inhabituelle, elle proposa à sa sœur d'aller se coucher plus tôt que d'habitude. C'est ce qu'elles firent ; et en montant l'escalier, Louisa se mit à penser tout à coup à un épais manteau qui viendrait s'ajouter à ses couvertures de lit pour mieux la protéger du froid sévère de la nuit. Le manteau était pendu dans un réduit à l'intérieur d'un autre réduit, le tout donnant sur une grande salle qui servait pour les leçons de danse des jeunes filles. Elle avait examiné ces deux réduits la veille, et n'éprouvait donc aucune inquiétude particulière à cet instant. Le manteau fut le premier objet qui s'offrit à sa vue ; il était pendu à un crochet fixé au mur, tout près de la porte. Elle le décrocha, mais ce faisant elle révéla une partie du mur et du sol que les plis du manteau dissimulaient auparavant. En se retournant rapidement, elle n'aurait, très probablement, fait aucune découverte. Mais tandis qu'elle se retournait, sa lumière éclaira brusquement le pied et la jambe d'un homme. Elle fit preuve d'une présence d'esprit sans égale ; comme elle fredonnait un air, elle ne s'interrompit pas. C'est alors que commença son épreuve : sa sœur se dirigeait vers le même endroit. Si elle la laissait s'avancer, Lottchen ferait la même découverte et elle en mourrait de peur. D'un autre côté, si elle lui faisait un signe, Lottchen ne la comprendrait pas, ou bien, si elle ne saisissait qu'à peine le message, elle crierait très fort, ou encore, par une expression tout aussi nette, elle apprendrait à l'assassin la nouvelle fatale qu'il avait été découvert. Tandis qu'elle était en proie à ce torturant dilemme, la peur lui inspira un expédient : cela ressemblait à de la folie du point de vue de Lottchen, mais pour Louisa, c'était le geste d'une sibylle ayant reçu une inspiration aveugle. « Nous voici dans notre salle de danse, dit-elle. Quand allons-nous de nouveau nous réunir pour danser ? » Là-dessus, elle entama une danse endiablée, en faisant tourbillonner sa chandelle autour de sa tête jusqu'à ce que le mouvement l'éteigne ; puis, en tournoyant autour de sa sœur en cercles concentriques, elle saisit également la bougie de Lottchen, l'éteignit et cessa de chanter pour essayer de rire. Mais son rire avait quelque chose de nerveux. Cependant, l'obscurité la favorisa ; empoignant le bras de sa sœur, elle la força à la suivre en lui chuchotant : « Viens, viens, viens ! » Lottchen n'était pas assez obtuse pour ne pas la comprendre du tout. Elle se laissa mener jusqu'au premier étage, et sur le palier il y avait une pièce donnant sur la rue. Elles y auraient trouvé un refuge, car la porte était munie d'un solide verrou. Mais au moment où elles étaient sur les dernières marches avant le palier, elles entendirent le souffle bruyant du meurtrier montant derrière elles à grandes enjambées. Il les avait surveillées à travers une fente, et le rire nerveux de Louisa l'avait persuadé qu'elle l'avait vu. Dans l'obscurité, il ne pouvait les suivre rapidement, car il ne connaissait pas les lieux, mais ensuite il se retrouva dans l'escalier. Louisa, qui entraînait sa sœur, se sentait forte comme si elle avait la force de la folie, mais Lottchen la retenait comme une charge de plomb. Louisa se précipita dans la pièce ; mais au moment même où elle entra, Lottchen tomba. À cet instant, l'assassin quitta sa démarche furtive pour grimper les marches bruyamment. Déjà il était en haut de l'escalier, déjà il s'élançait d'un bond contre la porte, quand Louisa, après avoir tiré sa sœur dans la pièce, ferma la porte et poussa le verrou, à l'instant même où la main du meurtrier venait de toucher la poignée. Alors, accablée par la violence de ses émotions, elle s'évanouit et tomba, le bras serré autour de sa sœur qu'elle avait sauvée.

Combien de temps restèrent-elles à terre dans cet état ? Elles ne le surent jamais ni l'une ni l'autre. En entendant ce tumulte, les deux vieilles dames s'étaient précipitées à l'étage. D'autres personnes s'étaient cachées dans d'autres parties de la maison. Les domestiques se retrouvèrent soudain enfermées ; elles n'étaient pas mécontentes d'échapper à une rencontre brutale, qui impliquait un danger aussi terrible. Les vieilles dames s'étaient jetées côte à côte au beau milieu de ceux qui les recherchaient. Toute retraite était impossible ; on entendit au moins deux personnes les poursuivre à l'étage. On saisit quelque chose qui ressemblait à un échange de vives protestations entre les dames et les meurtriers ; puis des vociférations, puis un cri déchirant, suivi d'un autre, puis un gémissement sourd et un silence de mort. Bientôt après, on entendit les premiers coups donnés dans la porte de la rue, qui s'effondra pour laisser entrer la foule ; mais les meurtriers s'étaient enfuis dès que l'alarme avait été donnée ; à la grande surprise des domestiques, ils avaient pris la fuite en montant. Mais l'enquête fournit cette explication : par une lucarne du toit, ils étaient passés dans une maison contiguë, laissée vide depuis peu ; ici encore comme dans d'autres affaires, nous avions la preuve que les gens ont tendance, quand ils sont préoccupés par des mesures compliquées contre des dangers éloignés, à négliger ceux qui sont sous leur nez.

La terreur, comme on s'en doute, était parvenue à son *acmé*. Les deux vieilles dames gisaient mortes en deux endroits de l'escalier, et comme d'habitude on ne pouvait formuler aucune conjecture pour expliquer la nature de leur faute ; mais ce meurtre était bel et bien une vengeance, car on en avait la preuve habituelle : il était clair qu'il n'y avait eu aucune tentative de vol. Deux nouveaux détails, toutefois, furent alors remarqués dans cette horrible série de crimes systématiques : l'un renforçait le sentiment d'insécurité de toutes les familles qui occupaient de grandes maisons ; l'autre suscita une hostilité entre la ville et l'université qu'il fallut bien des années pour apaiser. Le premier venait de la découverte, que l'on faisait maintenant pour la première fois, que les assassins avaient pour plan de se cacher à l'intérieur d'une maison où ils voulaient commettre un meurtre. Par conséquent, toutes les précautions prises préalablement pour barricader portes et fenêtres à la tombée de la nuit paraissaient inefficaces. L'autre détail mis au jour à cette occasion était attesté par l'une des domestiques qui déclara que, juste avant que la porte de la cuisine fût refermée sur elle-même et sa compagne, elle avait vu deux hommes dans l'entrée, l'un sur le point de monter l'escalier, l'autre se dirigeant vers la cuisine ; elle n'avait pu distinguer le visage ni de l'un ni de l'autre, mais tous deux portaient la tenue académique propre aux étudiants de l'université. Il n'est guère nécessaire de souligner les conséquences d'une telle déclaration. Les soupçons se portèrent sur les étudiants, qui étaient plus nombreux depuis le retour de la paix générale, d'anciens militaires pour la plupart, et moins distingués ou respectables qu'auparavant. Pourtant, le mystère n'était en rien éclairci par cette découverte ; beaucoup d'étudiants étaient suffisamment pauvres pour être tentés par une technique criminelle *lucrative*. Pendant ce temps, on présenta des exemples pénibles de collusion due à la jalousie ; et durant les deux derniers mois de l'hiver, on peut dire que notre ville offrit le spectacle de l'anarchie engendrée par des passions mauvaises. Cette situation dura jusqu'au début d'un autre printemps.

Comme on peut l'imaginer, on informa le haut gouvernement du pays dès que l'on comprit que les meurtres qui avaient lieu dans notre ville n'étaient pas dus au hasard, mais s'enchaînaient pour former une série. On peut très bien invoquer l'existence d'affaires plus importantes, qui retenaient l'attention de nos gouvernants, pour expliquer que nos représentations n'eurent pas l'effet escompté. Nous ne pouvions pas nous plaindre, cependant, que le gouvernement ne faisait absolument rien pour nous : on nous envoya un ou deux officiers de police parmi les plus doués ; ils nous donnèrent quelques conseils, en particulier d'examiner avec plus de rigueur la nature de la population mêlée qui occupait nos vastes faubourgs. Mais ils nous firent comprendre assez nettement qu'il n'était pas du tout nécessaire de nous envoyer des troupes ou de donner plus de pouvoirs à la magistrature locale.

La correspondance avec le gouvernement central dura jusqu'à la fin du mois de mars, mais avant cette date, les crimes en série avaient cessé aussi brutalement qu'ils avaient débuté. Le nouvel officier de police se flatta d'avoir obtenu ce résultat par la terreur qu'inspirait son nom ; mais les gens avisés virent les choses autrement. Tout resta calme, cependant, jusqu'au cœur de l'été ; là, sans doute pour nous faire comprendre que la puissance terrifiante qui se cachait dans l'obscurité n'avait pas cessé d'exister mais se reposait seulement de ses travaux, soudain le gardien-chef de la prison fut porté disparu. Il avait l'habitude de faire de longues promenades à cheval dans la forêt, car ses fonctions actuelles tenaient beaucoup d'une sinécure. Il fut porté disparu le 1er juillet. En franchissant à cheval les portes de la ville, ce matin-là, il avait indiqué la direction qu'il comptait prendre ; et la dernière fois qu'on l'avait vu en vie, c'était dans une grande allée de la forêt, à environ huit miles de la ville, qui menait vers l'endroit qu'il avait indiqué. Ce gardien, en lui-même, n'était pas homme à inspirer des regrets. Sa vie n'avait été qu'un tissu de cruautés, de brutalités et d'abus de pouvoir ; et pour cela, il avait reçu un soutien excessif de la part des magistrats, en partie parce qu'ils prétendaient que c'était leur devoir de couvrir leurs fonctionnaires, quelles que soient les plaintes, en partie aussi parce que cette période troublée rendait nécessaire un exercice plus sommaire de leur autorité de magistrats. Il n'y avait donc aucun individu dont on aurait pu se passer plus facilement que ce gardien brutal ; et tout le monde fit ce commentaire : si la bande de meurtriers qui sévissaient dans nos murs n'avaient fait disparaître que cet homme, ils auraient mérité la gratitude publique pour avoir débarrassé la ville d'un fléau public. Mais qu'est-ce qui prouvait que le gardien avait été tué par les mêmes mains que celles qui avaient si gravement troublé la paix de notre ville pendant l'hiver ? ou même simplement qu'il avait été assassiné ? La forêt était trop vaste pour être fouillée ; et il pouvait très bien avoir été victime d'un accident fatal. Son cheval était revenu aux portes de la ville pendant la nuit, et c'était là qu'on l'avait trouvé, au matin. Mais pendant des mois, personne ne put donner de nouvelles du cavalier ; et on ne le découvrirait probablement pas avant l'automne et l'hiver, qui de nouveau conduiraient les chasseurs à pénétrer dans tous les fourrés et les vallons de cette forêt étendue. Une seule personne semblait connaître ce domaine mieux que les autres : c'était le pauvre Ferdinand von Harrelstein. Ce n'était plus qu'une ruine, par rapport à ce qu'il avait été, aussi bien sur le plan intellectuel que moral ; et je le vis sourire souvent quand on parlait du gardien. « Attendez le début de la chute des feuilles, disait-il ; alors vous verrez quels beaux fruits portent les arbres de notre forêt. » Je ne répétai ces remarques à personne, sauf à un ami, qui convint avec moi que le gardien avait probablement été pendu dans un coin reculé de la forêt que l'été recouvrait de son feuillage luxuriant, et que Ferdinand, qui se déplaçait constamment dans la forêt, avait découvert le corps ; mais tous deux nous fûmes d'accord pour l'estimer innocent de toute complicité dans ce meurtre.

Entre-temps, on comprit que le mariage de Margaret Liebenheim et de Maximilian était proche. Néanmoins, il y avait un détail qui étonnait tout le monde. Du point de vue des jeunes gens, tout était décidé, personne ne pouvait en douter ; car jamais il n'y eut de bonheur plus parfait que celui qui semblait les unir. Margaret était l'incarnation des fêtes de mai et de l'extase de la jeunesse ; Maximilian semblait même perdre sa mélancolie en sa présence ; et le ver qui lui rongeait le cœur s'endormait sous le charme de la musique de sa voix et de ses sourires paradisiaques. Mais jusqu'au début de l'automne, le grand-père de Margaret n'avait jamais cessé de regarder cette union de travers et d'appuyer les prétentions de Ferdinand. Il existait en fait une antipathie réciproque entre Maximilian et lui. Chacun évitait la compagnie de l'autre ; le vieil homme, pour sa part, alla jusqu'à tenir des propos sarcastiques sur le compte de Maximilian. Maximilian le méprisait trop cordialement pour seulement parler de lui. Quand il ne pouvait éviter de le rencontrer, il le traitait avec une politesse froide qui faisait souffrir Margaret chaque fois qu'elle en était témoin. Elle avait le sentiment que son grand-père était l'agresseur ; et aussi qu'il ne rendait pas justice aux mérites de son fiancé. Mais elle avait une tendresse filiale pour ce vieillard, car il était le père de sa mère vénérée, et en lui-même il suscitait de plus en plus sa pitié, car la dégradation de sa mémoire et une certaine irritabilité enfantine qui s'aggravaient en lui chaque jour montraient qu'il déclinait de plus en plus.

Ce qui parut également mystérieux, c'est que, vers cette époque, Mlle Liebenheim se mit à recevoir des lettres anonymes rédigées en termes particulièrement obscurs et menaçants. Elle m'en montra quelques-unes ; je ne parvenais pas à deviner ce qu'elles voulaient dire. Manifestement, elles faisaient allusion à Maximilian et lui disaient de se méfier d'une union avec lui ; on insinuait sur lui des choses épouvantables. Ces lettres pouvaient-elles être écrites par Ferdinand ? Ce n'était pas son écriture ; mais avaient-elles été dictées par lui ? Je le craignais fort, d'autant plus que j'avais pour cela une raison précise.

Tout à coup, sans aucune explication, le grand-père de Margaret changea totalement d'opinion au sujet du mariage. Au lieu de favoriser les prétentions de Harrelstein comme il l'avait fait jusque-là, il jeta dans la balance le faible poids de son encouragement en faveur de Maximilian ; mais, étant donné la position de chacune des parties, personne n'attacha la moindre importance *pratique* au changement qui s'était produit dans les dispositions d'esprit de M. Liebenheim. Personne ? Vraiment ? Non ; une personne attacha la plus grande attention à ce changement : le pauvre Ferdinand, qui n'avait plus d'espoir. Car lui, tant qu'il y avait quelqu'un pour prendre son parti, tant que le grand-père de Margaret l'encourageait, il jugeait que sa situation n'était pas désespérée.

Les choses en étaient là au mois de novembre ; avec les rafales de vent qui faisaient tomber les feuilles des arbres et mettaient à nu les endroits les plus secrets dans les fourrés, le corps du gardien de la prison fut retrouvé dans la forêt ; il n'avait pas été pendu selon mon hypothèse et celle de mon ami ; non, il était mort apparemment d'une façon plus affreuse : il avait été crucifié. L'arbre, qui était remarquable, portait à un endroit du tronc cette inscription brève mais brutale : « T. H., gardien de la prison de..., *crucifié le 1er juillet 1816.* »

Cette découverte fit beaucoup parler dans la ville ; personne ne prononça un mot de regret sur le triste sort du gardien ; au contraire, la voix de la vengeance, qui s'élevait dans bien des chaumières, parvenait à mes oreilles partout où j'allais. La haine qui s'exprimait semblait en elle-même affreuse et indigne de chrétiens, et plus encore après la découverte de la mort de cet homme ; mais, même si elle était affreuse et diabolique en elle-même, elle était bien plus impressionnante si on la considérait comme la mesure et l'expression de l'odieuse oppression qui avait dû la produire.

Au début, lorsque la disparition du gardien de la prison était encore récente et qu'elle ranimait donc en nos esprits l'idée de la présence des meurtriers parmi nous, c'était un événement auquel peu de gens faisaient allusion sans éprouver de la peur. Mais tout était changé à présent ; cela faisait des mois que le gardien de la prison était mort et ce laps de temps, pendant lequel la main du meurtrier semblait en sommeil, incitait tout le monde à espérer que la tempête s'était éloignée de notre ville ; que la paix était revenue dans nos foyers ; et que désormais la faiblesse pouvait dormir en sécurité, et l'innocence sans angoisse. De nouveau, nous avions la paix dans nos murs et la tranquillité dans nos foyers. Comme avant, l'enfant se mettait au lit joyeusement, et le vieillard disait ses prières sereinement. La confiance était revenue, la paix rétablie ; le caractère sacré de la vie humaine redevenait la règle et le principe essentiel pour tous les hommes de notre communauté. Grande était la joie ; le bonheur, universel.

Mon Dieu ! Par quel coup de tonnerre nous avons été réveillés de notre sécurité ! La nuit du 27 décembre, une demi-heure peut-être après minuit, on donna l'alerte parce qu'il se passait quelque chose d'inquiétant chez M. Liebenheim. Rapidement, une large foule se rassembla, le souffle coupé par l'inquiétude. Deux minutes plus tard, on entendit un homme qui était passé par l'arrière de la maison de M. Liebenheim retirer les barres de la porte principale ; il était incapable de prononcer un mot, mais les gestes qu'il fit en ouvrant la porte toute grande et en faisant signe à la foule étaient amplement suffisants. À l'autre extrémité du vestibule, comme s'ils avaient été arrêtés sur le point de s'enfuir par-derrière, gisaient le vieux M. Liebenheim et l'une de ses sœurs, une veuve âgée ; dans l'escalier, il y avait une autre sœur, célibataire et plus jeune, mais ayant dépassé la soixantaine. Le vestibule et le bas de l'escalier baignaient dans le sang. Mais où donc était Mlle Liebenheim, la petite-fille ? Tel fut le cri général ; car on l'aimait autant qu'on l'admirait. Les meurtriers diaboliques avaient-ils eu la scélératesse de violer ce temple de la vie heureuse et innocente ? Tout le monde posait la question et tout le monde retenait son souffle pour écouter ; mais pendant quelques instants, personne n'osa avancer, car il régnait dans la maison un silence de mauvais augure. Enfin quelqu'un s'écria que Mlle Liebenheim était allée rendre visite ce jour-là à une amie dont la maison était à quarante miles par la forêt. « Oui, reprit quelqu'un d'autre, elle avait décidé d'y aller ; mais j'ai entendu dire qu'elle en avait été empêchée. » L'angoisse était alors à son comble et le public passait d'une pièce à l'autre, sans trouver trace de Mlle Liebenheim. Enfin des gens montèrent à l'étage, et dans la première pièce, un petit cabinet, ou *boudoir**, gisait Margaret, la robe affreusement maculée de sang. On eut d'abord l'impression qu'elle aussi avait été assassinée ; mais en y regardant de plus près, elle semblait indemne et elle était manifestement vivante. La vie ne l'avait pas quittée, car son souffle déposait une buée sur un miroir ; mais la vie était en suspens et elle luttait contre ce qui ressemblait à une attaque. Le premier geste de la foule fut de l'emmener de l'autre côté de la rue, dans la maison d'une amie, où déjà les secours de la médecine étaient réunis. L'aide que l'on avait prêtée à Mlle Liebenheim avait naturellement entraîné du désordre dans la petite pièce, mais auparavant, les gens avaient eu le temps de remarquer que l'un des meurtriers avait dû transporter la jeune fille avec des mains couvertes de sang jusqu'au canapé sur lequel elle était étendue, car on avait abondamment aspergé d'eau son visage et sa gorge, et l'on avait même placé de l'eau à portée de sa main, sur un petit tabouret près du canapé, pour le moment où elle reviendrait à elle.

Le lendemain matin, Maximilian, qui avait participé à une chasse en forêt, revint en ville et apprit immédiatement la nouvelle. Je ne le vis que quelques heures plus tard, mais il me parut profondément agité, et c'était la première fois que je le voyais ainsi. Dans la soirée, on apprit une autre nouvelle troublante au sujet de Mlle Liebenheim, qui au début affligea tous les amis de cette demoiselle : elle avait été prise des douleurs de l'enfantement et avait accouché d'un fils ; mais celui-ci, né avant terme, n'avait vécu que quelques heures. La médisance, cependant, n'eut guère le temps de se repaître de cette victoire imaginaire ; car moins de deux heures après la propagation de cette rumeur, il s'en répandit une seconde qui était authentifiée : Maximilian s'était présenté avec le confesseur de la famille Liebenheim à la résidence du premier magistrat pour y fournir les preuves suffisantes de son mariage avec Mlle Liebenheim — ce mariage avait été célébré comme il convenait, mais en grand secret, près de huit mois auparavant. Dans notre ville, comme dans toutes les villes de notre pays, les mariages clandestins, avec seulement deux témoins en plus du célébrant, sont excessivement courants. L'affaire considérée en elle-même n'avait donc rien de surprenant pour nous ; mais si on la rapportait aux relations qui existaient entre les deux familles, elle avait de quoi provoquer la surprise générale ; et nous n'arrivions pas à imaginer pour quelle raison une décision aussi inutile avait été prise. Que Maximilian, en effet, ait pu juger prudent ou nécessaire d'obtenir la main de Margaret Liebenheim par un mariage secret, en dépit de l'opposition irréductible de son grand-père, personne ne pouvait le croire un instant s'il connaissait les intéressés, s'il connaissait le grand amour qu'éprouvait Mlle Liebenheim, le déclin de plus en plus prononcé de son grand-père, ou le mépris total que Maximilian portait à ce dernier. Un profond mystère recouvrait tout cela.

Entre-temps, je me réjouis parce que le nom

de la pauvre Margaret avait été sauvé des griffes des colporteuses de ragots ; ces harpies s'étaient vu arracher leur proie au moment même où elles prenaient place pour leur banquet impie. Je me réjouis de cela, mais autrement il n'y avait guère de quoi se réjouir de la situation de la pauvre Margaret. Longtemps elle demeura dans une profonde inconscience ; elle ne prêtait attention à rien, elle ouvrait rarement les yeux, elle ne se rendait apparemment pas compte de l'alternance et de la succession du matin et du soir, du jour et de la nuit, d'hier et d'aujourd'hui. Durant cette période, le cœur de Maximilian fut en proie à une grande inquiétude ; il passait presque toute la journée à arpenter la cathédrale, et les ravages que les soucis produisaient sur son organisme pouvaient se lire sur son visage. Les gens avaient le sentiment de porter atteinte au caractère sacré de sa douleur en le regardant de trop près, et toute la ville éprouvait de la sympathie pour sa situation.

Enfin se produisit un changement chez Margaret, mais un changement qui, selon ce que déclarèrent ses médecins à Maximilian, était de mauvais présage pour sa guérison. Les divagations de son esprit ne cessèrent pas, mais prirent un autre cours. Elle devint plus agitée ; elle se réveillait en sursaut tout à coup et se fatiguait les yeux à suivre une silhouette qu'elle semblait voir ; puis elle interpellait quelqu'un en des termes particulièrement pitoyables, pour le supplier, les larmes aux yeux, d'épargner son grand-père âgé. « Regardez, regardez, s'écriait-elle, regardez ses cheveux blancs ; monsieur ! Ce n'est plus qu'un enfant ; il ne sait plus ce qu'il dit ; bientôt il ne gênera plus car il sera dans la tombe ; et très bientôt, monsieur, il ne vous donnera plus de soucis. » Puis elle se remettait à marmonner indistinctement pendant des heures ; parfois elle criait de manière frénétique, en disant des choses qui terrifiaient les personnes présentes, et alors les médecins les mettaient en garde contre la manière dont elles les répéteraient ; elle se mettait à pleurer et à supplier Maximilian de venir à son aide. Mais ce nom, en fait, franchissait rarement ses lèvres sans que ses yeux se fixassent et sans qu'elle se dressât dans son lit pour suivre du regard un fantôme créé par sa pauvre sensibilité enfiévrée, comme s'il semblait s'évanouir très loin.

Après environ sept semaines de cet état d'agitation, soudain, par une des premières matinées de printemps, l'une des plus jolies, on nous annonça à tous qu'il s'était produit un changement chez Margaret ; mais un changement, hélas ! qui annonçait le grand changement définitif. Le conflit qui avait si longtemps fait rage en elle et anéanti sa raison avait pris fin ; la lutte était finie ; et la nature se préparait au repos éternel. Dans le courant de la nuit, elle avait retrouvé ses esprits ; quand la lumière du matin traversa son rideau, elle reconnut ses domestiques, demanda quel mois on était, et quel jour du mois, puis, sentant qu'elle ne terminerait pas la journée, elle exprima le désir que l'on appelât son confesseur.

Ce confesseur resta avec elle environ une heure et demie. Après quoi il sortit et appela les domestiques, car Margaret, selon lui, allait avoir une crise et elle était en train de perdre connaissance. On aurait pu croire qu'il avait eu, lui-même, plusieurs crises, tant il était métamorphosé par l'effet de son entretien. Je le croisai quand il sortit de la maison. Je lui parlai — je l'appelai ; mais il ne m'entendit pas — il ne me vit pas. Il ne voyait personne. Il continuait son chemin à grandes enjambées jusqu'à la cathédrale, où il était sûr de trouver Maximilian, faisant les cent pas sur les pierres tombales. Il le saisit par le bras, lui chuchota quelques mots à l'oreille et tous deux se retirèrent dans l'une des nombreuses chapelles des bas-côtés, éclairées en permanence par des cierges. Là ils se parlèrent, mais pas longtemps, car, moins de cinq minutes après, Maximilian partit d'un bon pas pour se rendre à la maison où sa jeune femme se mourait. Comme d'un bond, il monta à l'étage ; les domestiques, conformément aux instructions des médecins, étaient rassemblés en haut de l'escalier pour lui faire barrage. Mais ce fut en vain : en face des droits qui étaient les siens par l'amour et le mariage, en face des droits encore plus sacrés que donne la souffrance, peinte sur ses traits, toute opposition s'évanouit comme par enchantement. On voyait en outre de la fureur dans son regard. Un geste de sa main les chassa comme des mouches en été ; il entra dans la pièce, et une fois encore — la dernière — il fut en compagnie de la femme qu'il aimait.

Ce qui se passa alors, qui pourrait prétendre le savoir ? Un peu plus de deux heures s'écoulèrent, pendant lesquelles Margaret fut capable de parler de temps en temps — on le savait parce que, parfois, les domestiques entendirent le son de la voix de Maximilian qui manifestement lui répondait. Ensuite, une petite sonnette placée à côté du lit fut agitée rapidement ; Margaret venait d'être prise d'un malaise et de s'évanouir, mais elle s'en remit presque avant que ses femmes aient eu le temps d'appliquer les remèdes habituels. Elles s'attardèrent un peu, cependant, pour regarder le jeune couple avec un intérêt qu'aucune retenue ne parvenait à réprimer. Les deux jeunes gens avaient les mains serrées dans une étreinte ; dans le regard de Margaret, une dernière lueur d'amour, tournée vers Maximilian, semblait indiquer qu'elle devenait muette. À cet instant même, elle fit un faible effort pour attirer Maximilian vers elle ; il se pencha pour l'embrasser, avec une souffrance qui fit pleurer les cœurs les plus endurcis ; puis il lui chuchota quelque chose à l'oreille, sur quoi les domestiques se retirèrent, car ils y virent la preuve que leur présence les empêchait de communiquer librement. Mais ils n'entendirent plus parler et, moins de dix minutes après, ils revinrent. Maximilian et Margaret étaient toujours dans la même position. Leurs mains étaient toujours serrées l'une contre l'autre ; le même rayonnement d'affection avant la séparation, la même dernière lueur d'amour se voyait dans le regard de Margaret, toujours tourné vers Maximilian. Mais ses yeux commençaient à ne plus bien voir ; une brume furtive les recouvrit rapidement. Maximilian restait assis, l'air hébété, comme quelqu'un qui n'a plus sa raison ; à la demande que les femmes lui adressèrent alors avec délicatesse, il quitta sa place, car la main qui tenait la sienne avait déjà lâché prise ; la dernière lueur d'amour venait de disparaître ; une des femmes ferma les yeux de Margaret ; et c'est ainsi que s'endormit pour toujours la plus charmante fleur que notre cité ait vue pousser depuis des générations.

L'enterrement eut lieu quatre jours après son décès. Ce matin-là, poussé par ma vive affection — car je l'avais connue depuis sa tendre enfance —, je demandai la permission de voir le corps. Elle était dans son cercueil ; des perce-neige et des crocus étaient posés sur son cœur innocent et sur toute sa personne, des roses d'une espèce qui pouvait fleurir en cette saison. Ces fleurs et d'autres symboles charmants de la jeunesse, du printemps et de la résurrection retinrent mon regard dès le premier instant ; mais ensuite il se posa sur son visage. Grand Dieu ! Quel changement ! Quelle transfiguration ! Elle avait toujours, assurément, la même douceur innocente ; elle gardait toujours quelque chose de son charme ; son expression demeurait ; quant à ses traits, ils semblaient complètement décharnés ; il ne restait plus que l'ossature, que l'ébauche, l'ombre de ce qu'elle avait été. Je m'exclamai que c'était véritablement « la poussière qui retourne à la poussière — la cendre à la cendre[1] » !

À la surprise générale, Maximilian assista à l'enterrement. La cérémonie eut lieu dans la cathédrale. Tout le monde s'effaça devant lui ; tantôt il semblait se dominer, tantôt il titubait comme un homme ivre. Il entendait sans entendre ; il voyait comme en un rêve. Toute la cérémonie se déroula à la lueur des torches, et vers la fin, il se tenait droit comme un pilier, immobile, engourdi, glacé. Mais les voix éclatantes des choristes et les puissants accents de nos grandes orgues, au moment où l'on ferma la tombe, le firent revenir à lui, et

1. La formule (adaptée de l'Ecclésiaste, XII, 7) fait partie de l'office des morts, dans le *Book of Common Prayer* de l'Église anglicane.

il retourna à la maison à grands pas. Une demi-heure après mon retour, je fus appelé dans sa chambre. Il était dans son lit, calme et maître de lui. Ce qu'il me dit alors, je m'en souviens encore comme si c'était hier, de même que le ton qu'il prit pour me parler, même si plus de vingt années se sont écoulées depuis. Il commença ainsi : « Je n'ai plus longtemps à vivre » ; et quand il me vit sursauter, prendre soudain conscience qu'il avait peut-être pris du poison et qu'il voulait me le faire comprendre ainsi, il continua : « Vous imaginez que j'ai pris du poison ; peu importe si c'est le cas ou non ; si c'est le cas, le poison est tel qu'aucun antidote ne pourra être efficace ; ou alors, s'il était efficace, vous savez bien qu'il existe des chagrins d'une nature telle qu'ils ne laissent la porte ouverte à aucun espoir. Qu'est-ce que cela change, donc, si je quitte cette terre aujourd'hui, demain ou le jour suivant ? Soyez-en certain : ce que j'ai résolu de faire n'est pas susceptible d'être remis en cause par un obstacle humain. Ne perdez pas votre temps en tentatives inutiles, mais écoutez-moi calmement ; sinon je sais ce que j'ai à faire. » Voyant une fureur contenue dans son regard, et malgré le changement furtif que je lisais sur son visage (comme si un poison subtil commençait à agir sur son corps), saisi d'effroi, je consentis à l'écouter et restai assis sans bouger. « Vous faites bien, car il me reste peu de temps. Voici mon testament rédigé selon les termes de la loi, et vous verrez que j'ai confié des biens considérables à votre discrétion. Voici encore un document, bien plus important à mes yeux ; il a également une valeur testamentaire et vous impose des obligations qui ne seront peut-être pas aussi faciles pour vous que la répartition de mes biens. Mais écoutez, maintenant, autre chose qui ne concerne aucun de ces documents. D'abord promettez-moi solennellement que, lorsque je mourrai, vous veillerez à ce que je repose dans la même tombe que ma femme, que nous venons d'enterrer. Promettez-le-moi. » Je fis la promesse. « Jurez-le. » Je le jurai. « Enfin promettez-moi que, lorsque vous aurez lu ce second document que je vous ai remis entre les mains — et quoi que vous en pensiez —, vous n'en direz rien, vous ne le ferez pas connaître au monde avant que trois années se soient écoulées. » Je fis cette promesse. « Et maintenant, adieu, revenez dans trois heures, vers les 10 heures, et buvez un verre de vin, en souvenir du temps passé. » Il dit cela en riant, mais à cet instant précis son visage s'assombrit sous l'effet d'un spasme. Cependant, comme je pensais que c'était peut-être seulement la manifestation d'une angoisse intérieure, je me pliai à son désir et me retirai. Me sentant malgré tout assez mal à l'aise, j'inventai un prétexte pour revenir le voir une heure et demie après mon départ. Je frappai doucement à la porte ; pas de réponse. Je frappai plus fort, toujours pas de réponse. J'entrai. La lumière du jour avait disparu et je ne voyais rien. Mais ce qui m'alarma, ce fut le silence total dans la pièce. J'écoutai attentivement, mais on n'entendait pas un souffle. Je retournai en toute hâte dans le vestibule pour prendre une lampe ; je revins ; je regardai cette merveille de beauté virile, et te premier coup d'œil m'avertit que ce jeune homme, avec tous ses dons admirables, nous avait quittés pour toujours. Il était mort, probablement peu après le moment où je l'avais quitté ; et il m'avait congédié parce qu'un instinct lui faisait comprendre de plus en plus que son agonie était très proche.

Je pris ses deux documents testamentaires ; tous deux m'étaient adressés sous forme de lettres. Le premier était une répartition rapide, mais précise, de son immense fortune. Les grands principes étaient posés pour la répartition de ses biens, mais le détail relevait de ma discrétion et de ce qu'indiqueraient les renseignements qui proviendraient des différentes enquêtes qu'il serait nécessaire de mener. Ce premier document, je le mis rapidement de côté, à la fois parce que je trouvais que ses dispositions ne prenaient leur sens qu'avec le second, et parce que j'attendais avec confiance du second la solution de nombreux mystères : celui de la profonde tristesse qui, depuis que je le connaissais, habitait un homme ayant reçu des dons si splendides qu'il était le favori de la nature et de la fortune — celui des raisons qu'il avait de dissimuler dans la clandestinité cette union qui constituait la gloire de sa vie — et peut-être aussi (mais là, je n'en étais pas sûr) celui de ces meurtres récents, incompréhensibles, sur lesquels planait encore un énorme nuage. Beaucoup de tout cela serait *sans doute* révélé — peut-être bien tout ; c'est donc à cet instant et en ce lieu, près du corps de celui qui l'avait rédigé, un jeune homme mystérieux et comblé de dons, que je m'assis pour lire la déclaration suivante :

Le 26 mars 1817.

Mes épreuves ont pris fin ; ma conscience, mon devoir et mon honneur sont libérés ; « mon combat est achevé[1] ». J'ai vu pour la dernière fois Margaret, ma jeune épouse innocente. Elle qui aurait pu couronner ma félicité terrestre — elle, la seule tentation que j'aie eue d'écarter la coupe amère qui m'attendait — elle, la seule séductrice (ô combien innocente !) qui pouvait m'éloigner des devoirs stricts que ma destinée m'imposait — elle, oui, même elle, je l'ai sacrifiée.

Avant que je m'en aille, et en partie pour éviter que des innocents n'aient à répondre d'actes qui sont presque exclusivement les miens, mais plus encore pour éviter que la leçon et l'avertissement que Dieu, par ma main, a inscrits en lettres de sang sur vos murs coupables ne disparaissent, faute d'une explication authentique, écoutez les aveux que je fais en mourant : les meurtres, qui ont consterné tant de familles à l'intérieur de vos murs et enlevé au foyer son caractère de sanctuaire et à la vieillesse toute garantie de protection, sont tous imputables au départ à mon cerveau, sinon toujours à mon bras, car je suis l'instrument d'une terrible vengeance.

Le récit de mon histoire et de mes projets que vous avez reçu du diplomate russe est exact pour l'essentiel, malgré quelques erreurs peu importantes. Mon père n'était pas si directement lié à des origines anglaises que le dit cette lettre. Mais il est exact qu'il se disait le descendant d'une famille anglaise encore plus distinguée que celle qui est mentionnée dans le document russe. Il était fier de son ascendance anglaise, d'autant plus que la guerre contre la France révolutionnaire avait mis en lumière plus que jamais la grandeur civique et morale de l'Angleterre. Cette fierté était noble, mais

1. Isaïe, XL, 2.

elle était imprudente, dans sa situation ; ses propres parents s'étaient fixés en Italie — d'abord à Rome, puis à Milan ; et tous ses biens, immenses et dispersés, se retrouvèrent, par suite des progrès de la Révolution, sous la coupe des Français. Il souffrit de nombreuses spoliations ; toutefois, il était trop riche pour être sérieusement affecté. Mais il pressentit, vu l'orientation des événements, que des dangers encore plus grands menaçaient ses ressources essentielles. Beaucoup d'États et de princes italiens s'étaient fortement endettés auprès de lui ; et dans les grands bouleversements qui menaçaient son pays, il comprit que les deux partis en lutte trouveraient un prétexte présentable pour se libérer d'engagements qui grevaient fâcheusement leurs finances. Dans cette situation embarrassante, il se lia à un officier français de haut rang, qui avait de nobles principes. L'ami de mon père vit dans quel danger ce dernier se trouvait et lui conseilla de servir dans l'armée française. Dans sa jeunesse, mon père avait souvent servi dans l'armée de nombreux princes, et dans toutes les autres armées il avait découvert que la conduite des officiers était régie par le sens de l'honneur ; mais là, pour la première fois, il découvrit des manières de voyous et une rapacité universelle. Il ne pouvait pas tirer son épée en compagnie de gens d'une telle espèce, ni pour une telle cause. Mais enfin, sous la pression de la nécessité, il accepta (ou plutôt il acheta moyennant des pots-de-vin considérables) une place de commissaire aux armées dans les forces françaises en Italie. Par ce seul moyen il réussit finalement à se faire rembourser l'intégralité de ses créances sur les États italiens. Ces sommes énormes furent transférées par divers circuits en Angleterre, où il investit dans les fonds d'État pour un montant considérable. Mais, par suite d'une imprudence, cela vint à se savoir partiellement, ce qui eut des conséquences doublement malheureuses ; en effet, comme cela révélait que ses projets étaient en définitive orientés vers l'Angleterre, il devint un objet de haine et de suspicion, mais d'autre part, cela diminua les moyens de corruption qui étaient à sa disposition. Ces considérations, auxquelles s'en ajouta une autre, firent de certains officiers supérieurs influents dans l'armée française des ennemis acharnés de mon père. Ma mère, qu'il avait épousée quand il avait la charge de général de brigade dans l'armée autrichienne, était d'origine et de religion juives. Elle était d'une beauté exquise et un archiduc de la famille d'Autriche avait voulu en faire sa femme par un mariage morganatique ; mais elle avait répondu par les arguments suivants : parmi toutes les familles juives, la sienne était du sang le plus pur et le plus noble ; elle remontait, selon la tradition et un grand nombre d'attestations établies par les grands prêtres juifs, jusqu'aux Maccabées et aux maisons royales de Judée ; pour elle, ce serait un déshonneur d'accepter une proposition de mariage de cette nature, même venant d'un prince régnant. Il n'y avait là de sa part aucune vaine prétention, ni aucune vanité ostentatoire. Ce qu'elle prétendait était reconnu depuis un temps immémorial en Transylvanie et dans les pays voisins, où les membres de la famille de ma mère étaient riches et honorés, et siégeaient parmi les dignitaires du pays. Les officiers français que j'ai mentionnés plus haut, qui étaient incapables d'éprouver un sentiment aussi noble qu'une passion profonde et se contentaient de suivre un caprice fugitif qui le lendemain était remplacé par un autre tout aussi éphémère, avaient osé insulter ma mère en lui faisant des propositions particulièrement licencieuses — des propositions aussi indignes de son rang et de sa naissance qu'elles l'auraient été, de toute façon, de sa noblesse de caractère et de sa pureté. Elle en avait fait part à mon père, qui souffrait cruellement parce que les chaînes de la subordination qui lui liaient les mains l'empêchaient de venger cet affront. Mais son regard avait une expression très claire que ses supérieurs supportaient aussi mal que le refus dédaigneux de sa femme. Plus d'une personne était impliquée dans ces outrages à mon père et à ma mère ; plus d'une voulait se venger. On pouvait faire des choses dans des villes allemandes, à la faveur de vieilles lois et coutumes de l'Allemagne, que l'on n'eût pas tolérées en France même. Cela, les ennemis de mon père le savaient bien, mais lui aussi ; il tenta de se libérer de sa charge de commissaire. Mais on lui refusa cette faveur. Il fut obligé de servir pendant la campagne d'Allemagne qui commençait alors, ainsi que pendant la suivante, celle de Friedland et d'Eylau[1]*. C'est là qu'il tomba dans l'un des traquenards qui étaient préparés pour lui ; d'abord il fut piégé en train d'agir contre un article du règlement ; puis il fut poussé à enfreindre la discipline à l'égard du général qui l'avait ainsi piégé. L'occasion tant recherchée s'offrait alors, et précisément dans cette partie de l'Allemagne qui se prêtait le mieux à son exploitation maximale. Mon père fut jeté en prison dans votre ville, où il fut soumis au traitement*

1. Si Napoléon resta maître du terrain à Eylau (8 février 1807), ce fut au prix de très lourdes pertes, alors que sa victoire fut décisive à Friedland (14 juin 1807).

atroce de votre gardien, et à celui plus détestable encore de vos lois locales. Les charges retenues contre lui pouvaient bien, pensait-on, lui coûter la vie ; il dut s'abaisser à demander la permission de faire venir sa femme et ses enfants. Pour cette âme fière, c'était déjà une punition en soi que d'être réduit à demander une faveur à l'un de ses pires ennemis. Mais il n'entrait pas dans leurs plans de lui refuser cela. Afin d'accélérer la venue de ma mère, un courrier militaire lui fut envoyé, avec tous les moyens pour accomplir le voyage. Ma mère, ses deux filles et moi-même résidions alors à Venise. Grâce à l'aide des relations de mon père en Autriche, j'étais entré dans l'armée impériale où j'occupais un rang élevé pour mon âge. Mais quand mon père était parti vers le nord avec l'armée française, j'avais été rappelé auprès de ma mère comme soutien de famille indispensable. Ce n'était pas mon âge qui me valait ce titre, car j'avais à peine accompli ma douzième année ; mais ma précocité et mon rang dans l'armée m'avaient procuré une connaissance du monde et une présence d'esprit remarquables.

Je passe sur notre voyage ; mais quand j'approche de votre ville, tombeau de l'honneur et du bonheur de ma pauvre famille, mon cœur bat, en proie à des sentiments passionnés. Jamais je ne vois le dôme vénérable de votre cathédrale depuis la forêt sans maudire sa forme, qui me rappelle ce que nous apercevions à des miles de distance en traversant la forêt. Pendant des lieues avant notre arrivée dans la ville, il se détachait devant nous sur le ciel bleu d'un jour glacé, sans jamais sembler grandir. C'est ce dont se plaignait ma petite sœur Mariamne. Quelle enfant bien innocente ! Ah ! si cette forme *n'avait jamais grandi à tes yeux, mais était restée au loin pour toujours ! À ce moment même commença la suite de déshonneurs monstrueux qui ont mis fin à la carrière de ma pauvre famille marquée par le destin. Quand nous nous sommes arrêtés aux portes de la ville, le fonctionnaire, en examinant nos passeports, s'est aperçu que ma mère et mes sœurs étaient présentées comme des Juives — un nom qui, aux oreilles de ma mère (élevée dans une région où les Juifs ne sont pas méprisés), avait toujours été un titre de noblesse ; il a appelé un subordonné qui, en termes grossiers, a exigé un droit de passage. Nous avons supposé qu'il s'agissait d'un droit de péage pour la voiture et les chevaux, mais nous avons été détrompés très vite ; une petite somme a été réclamée pour chacune de mes sœurs et pour ma mère, comme pour autant de têtes de bétail. Croyant qu'il s'agissait d'une erreur, j'ai parlé à l'homme avec calme ; et, rendons-lui cette justice, il ne semblait pas désireux de nous insulter ; mais il a présenté un tableau imprimé où, parmi les animaux les plus méprisables, les Juifs et les Juives étaient imposés à tant par tête Pendant que nous discutions à ce sujet, les fonctionnaires de faction ricanaient ; les postillons riaient ensemble, et tout cela en présence de trois créatures dont la beauté exquise (d'une nature différente, en accord avec leur différence d'âge) aurait incité des gens bien nés à s'agenouiller pour les vénérer. Ma mère, qui n'avait encore jamais été manifestement insultée à cause de ses origines ethniques, était si scandalisée qu'elle ne pouvait plus parler. Je lui ai glissé quelques mots à l'oreille pour qu'elle retrouve sa dignité naturelle, j'ai payé la somme demandée, et nous sommes parvenus en voiture jusqu'à la prison. Mais l'heure des visites était passée, et en tant que Juives, ma mère et mes sœurs n'étaient pas autorisées à rester en ville ; elles devaient se rendre dans le quartier juif, un quartier des faubourgs qui leur était réservé, où il n'était guère possible d'obtenir un logement à peu près propre. Nous avons été horrifiés, le lendemain, de trouver mon père sur le point de mourir. À ma mère, il ne révéla pas ce qu'il avait enduré de pire. Mais à moi, il me confia que, rendu fou par les affronts qu'il avait subis, il avait reproché à la cour martiale sa tendance à la corruption, et il avait même déclaré qu'on lui avait fait des ouvertures pour annuler la procédure en échange d'une somme de deux millions de francs ; la seule raison qu'il avait eue de ne pas donner suite à cette proposition, c'était la méfiance que lui inspiraient ceux qui l'avaient faite. « Ils auraient pris mon argent, dit-il, avant de trouver un prétexte pour me mettre à mort — pour que je ne puisse pas révéler de secrets. » Ces propos étaient trop proches de la vérité pour que la cour pût les tolérer. De concert avec les autorités locales, les militaires qui étaient les ennemis de mon père conspirèrent contre lui ; on suborna des témoins ; et finalement, selon une loi ancienne du pays, il fut soumis en secret à un mode de torture qui subsiste encore en Europe de l'Est.*

Il s'est effondré sous l'effet de la torture et de l'avilissement. Quant à moi, sans vraiment réfléchir — mais dans un élan naturel d'indignation filiale —, j'ai laissé la vérité m'échapper au cours d'une conversation avec ma mère. Et elle… Mais je tiens à suivre la succession chronologique des événements. Mon père mourut ; mais il avait, en accord avec moi, pris des mesures pour empêcher ses ennemis de profiter de ses biens. Entre-temps, ma mère et mes sœurs lui avaient fermé les yeux ; elles avaient accompagné sa dépouille jusqu'à la tombe ; et à chaque moment de ces rites funèbres, elles avaient rencontré des insultes et des propos dégradants, trop lourds à supporter pour la patience humaine. Ma mère était alors devenue incapable de se maîtriser ; et avec la fureur que lui inspirait son juste désespoir, elle dénonça publiquement, et devant la cour, la conduite des magistrats ; elle reprocha à certains de lui avoir fait des propositions très humiliantes, elle leur reprocha collectivement d'avoir eu recours à des instruments de torture pour mon père ; et finalement, elle les accusa de collusion avec les forces françaises qui opprimaient le district. Cette dernière accusation les fit trembler, car à ce moment les Français s'étaient rendus odieux à tous ceux qui gardaient une étincelle de sentiment patriotique. Je sentis mon cœur défaillir en levant les yeux vers le banc de ce tribunal de tyrans, tous rouges ou livides de rage, et en voyant tour à tour ces hommes, et ma noble mère accompagnée de ses filles en larmes — elles si impuissantes, eux si bassement vindicatifs et si puissants localement. J'aurais volontiers sacrifié toute ma fortune, simplement pour la permission de quitter cette ville infernale avec ma pauvre famille, ces trois femmes, afin de préserver leur vie et leur honneur. Mais ces magistrats en courroux avaient de tout autres intentions. Ma mère fut arrêtée, accusée d'un délit équivalent à la simple trahison, au scandalum magnatum[1] *ou au fait d'avoir semé la*

1. Littéralement, « grand scandale » ; ancienne qualification pénale, dans le droit anglais, du crime d'outrage à un dignitaire.

sédition ; même si ce qu'elle disait était vrai, où pouvait-elle, hélas ! trouver des témoignages ? C'est là que l'on constata l'absence de gentlemen. Des gentlemen, même aussi tyranniques, auraient hésité, avec un sentiment de honte, à se venger d'une femme. Et quelle vengeance ! Ô Ciel ! N'ai-je donc tant vécu que pour parler d'une telle infamie ? Qu'un homme, né d'une femme, ose punir une autre femme en lui fouettant le dos mis à nu, dans les rues de la ville et en plein midi ! Déjà, pour les femmes chrétiennes, le châtiment que prévoyaient les lois pour ce délit était sévère. Mais pour les femmes juives, en vertu d'anciennes lois contre ce peuple persécuté, presque tous les délits étaient assortis de châtiments beaucoup plus lourds et dégradants. Que pouvait-on attendre d'une ville qui accueillait ses hôtes juifs en les taxant à ses portes au même tarif que des bêtes ? La sentence fut prononcée : on devait infliger le châtiment deux jours distincts, avec un intervalle entre les deux, sans aucun doute pour faire durer les tortures de l'âme, mais sous le vil prétexte d'alléger les tortures du corps. C'est trois jours après que devait commencer le premier supplice. Ma mère occupa ce temps à lire ses Écritures saintes. Elle l'occupa à prier et à méditer, tandis que ses filles s'accrochaient à elle en pleurant, jour et nuit — elles se traînaient par terre, aux pieds de toutes les personnes investies de quelque autorité qui entraient dans la cellule de leur mère. Et pour moi, comment se sont passées ces journées ? Faites bien attention à ce qui suit, mon ami. Toutes les personnes ayant des fonctions officielles, ou qui pouvaient apparaître comme ayant de l'influence, si petite fût-elle, ainsi que leur femme, leur mère, leur sœur, leur fille, j'en ai fait le siège matin et soir. Je les ai lassées de mes supplications. Je me suis humilié jusqu'à terre. Moi, la plus fière des créatures de Dieu, je me suis mis à genoux devant elles et je les ai priées d'épargner ma mère. Je les ai suppliées de me laisser endurer le châtiment dix fois à sa place. À une ou deux reprises, j'ai bien obtenu l'encouragement de quelques larmes sincères — mais qui étaient dues, comme on me l'a dit, plus à ma piété filiale qu'aux mérites de ma mère. On ne m'écoutait que rarement avec patience, et l'on me chassait de certaines maisons en me traitant avec mépris. Le jour fixé arriva ! Je vis ma mère à moitié dévêtue par les exécuteurs des basses œuvres — j'entendis s'ouvrir les portes de la prison — j'entendis retentir les trompettes des magistrats ! Ma mère m'avait prévenu de ce que j'avais à faire. Allais-je sacrifier une vengeance sacrée et générale pour triompher momentanément d'un seul individu ? Sinon, il fallait que je m'abstienne de sortir ; car j'avais le sentiment que, au moment même où je verrais ce chien de bourreau lever sa main maudite sur ma mère, ma dague, plus rapide que l'éclair, chercherait à se planter dans son cœur. Quand j'ai entendu les rugissements de la populace cruelle, je me suis arrêté ; j'ai supporté ; j'ai renoncé. Je suis sorti furtivement de la ville, en laissant mes pauvres sœurs épuisées qui dormaient dans les bras innocents l'une de l'autre, et j'ai pris des chemins détournés pour gagner la forêt. Là, j'ai écouté les cris de la populace : même là, j'avais l'impression de pouvoir suivre le chemin de ma pauvre mère, d'après l'évolution des cris de triomphe. Et c'est là, en cet instant, en cet instant précis que j'ai fait un serment — ô forêt silencieuse, tu m'as entendu le faire — auquel je ne suis resté que trop fidèle. Mère, tu es vengée ! Dors, fille de Jérusalem ; car enfin ton oppresseur dort avec toi ! Et ton pauvre fils, pour s'acquitter de son serment, a payé le prix en perdant son propre bonheur, un paradis qui s'ouvrait sur la terre, un cœur aussi innocent que le tien et un visage aussi beau !

Je suis revenu et j'ai constaté que ma mère était de retour. Elle dormait par à-coups, mais elle était fiévreuse et agitée ; quand elle s'est réveillée, et dès qu'elle m'a vu, elle a rougi, comme si j'étais capable de croire qu'elle était véritablement dégradée. C'est alors que je lui ai parlé de mon serment. Ses yeux se sont allumés d'une lueur féroce, un instant ; mais quand j'ai continué avec plus d'ardeur à lui parler de mes espoirs et de mes projets, elle m'a dit de venir près d'elle, m'a embrassé et m'a murmuré : « Non, ne fais pas cela, mon fils. Ne pense pas à moi ; ne pense pas à me venger ; pense seulement à cette pauvre Berenice et à cette pauvre Mariamne. » Oui, cette réflexion avait vraiment de quoi surprendre. Pourtant, cette mère magnanime et patiente, comme je l'appris par le récit de notre unique servante fidèle, s'était conduite, le matin pendant sa cruelle épreuve, comme il convenait à une fille de Judas Maccabée. Elle avait regardé avec sérénité la vile populace, qu'elle avait même impressionnée par cette sérénité. Elle n'avait pas daigné pousser un cri quand le fouet cruel s'était abattu sur sa jolie peau. Il y a un point qui permet de triompher facilement ou non du sentiment naturel de la douleur : c'est la mesure dans laquelle nous comptons sur la sympathie des spectateurs. Au début, ma mère ne l'avait pas ; mais bien avant la fin, sa beauté céleste, le caractère sacré de son innocence offensée, le plaidoyer qui s'élevait en faveur des femmes en général dans l'esprit des gens de la classe la plus basse, et la réaction de sentiments virils chez les hommes avaient opéré un grand changement dans la foule. Certains se mirent alors à menacer ceux qui s'étaient employés à l'insulter ; un silence fait de respect et de crainte succéda au bruit et au tumulte ; des sentiments qu'elle comprenait à peine s'emparèrent de cette grossière populace qui voyait de plus en plus le courage et la patience de la victime. Des menaces destinées au bourreau fusèrent. Les choses prirent une telle tournure que les magistrats mirent brusquement fin au spectacle.

Ce jour-là, nous avons reçu l'autorisation de retourner chez nous, dans notre misérable maison du quartier juif. Je ne sais pas si vous êtes suffisamment informé des usages des Juifs pour savoir que, dans chaque maison juive où l'on conserve les traditions anciennes, il existe une pièce consacrée au désordre : une pièce toujours fermée à clef, loin de toute utilisation ordinaire, sauf en cas d'affliction mémorable — où tout est volontairement en fatras, cassé, brisé, mutilé — pour représenter, par des signes qui impressionnent l'œil, cette désolation qui a si longtemps écrasé Jérusalem ainsi que les ravages commis par le sanglier dans les vignes de Judée. En tant que princesse dans la maison d'Israël, ma mère entretenait toutes ces coutumes traditionnelles ; même dans ce misérable faubourg elle avait sa « chambre de désolation[1] *».*

1. Il se peut que De Quincey fasse ici un amalgame de deux coutumes juives distinctes : l'habitude de laisser sans peinture un petit carré du mur situé en face de la porte d'entrée d'une maison, pour commémorer la destruction du Temple de Jérusalem, et celle de réserver une salle spéciale à la femme pendant ses règles ou après un accouchement.

C'est là que ma sœur et moi nous avons recueilli ses dernières paroles. Le reste de la sentence devait être exécuté dans la semaine. Pendant ce temps, elle n'avait pas daigné prononcer un seul mot inspiré par la peur ; mais l'énergie qu'elle mettait à se maîtriser avait rendu sa souffrance encore plus cruelle. La fièvre était venue ensuite, ainsi qu'une terrible agitation. Ses rêves nous montraient clairement, à nous qui veillions à son chevet, que la terreur suscitée par l'avenir se mêlait au sentiment du déshonneur apporté par le passé. La nature affirmait ses droits. Mais plus elle reculait devant la souffrance, plus elle révélait à quel point elle avait été insupportable, et, par conséquent, à quel point était noble l'effort qu'elle faisait pour rester maîtresse d'elle-même. Pourtant, à mesure que grandissait sa faiblesse, sa terreur grandissait également ; si bien que je la priai de se consoler en l'assurant que, si l'on essayait de la forcer encore une fois à sortir pour l'exposer à la foule, je tuerais l'homme qui viendrait exécuter cet ordre, que nous mourrions tous ensemble et que c'en serait fini à la fois de ses outrages et de ses peurs. Elle fut rassurée en m'entendant dire que je croyais qu'elle ne serait pas soumise à une nouvelle épreuve. Elle dormit plus tranquillement ; mais la fièvre augmenta ; et lentement elle entra dans le sommeil éternel qui ne connaît pas de lendemain.

Mon destin connut alors un moment décisif. Devais-je rester pour protéger mes sœurs ? Mais, hélas ! quel pouvoir en avais-je au milieu de mes ennemis ? J'en ai discuté avec Rachael ; et nous avons élaboré de nombreux plans. Au cœur de nos discussions, le soir même qui suivit l'enterrement de ma mère dans le cimetière juif, arriva un offi-

cier porteur d'un ordre m'enjoignant de revenir à Vienne. Un officier de l'armée française qui avait suivi l'affaire où étaient impliqués mes parents en avait ressenti beaucoup de honte et de peine. Il en avait transmis un rapport écrit complet à un officier autrichien d'un rang élevé, ami de mon père, qui obtint de l'empereur un ordre qui faisait de moi l'un de ses pages personnels et un officier attaché au service de sa maison. Ô Ciel ! Par quelle négligence mes sœurs étaient-elles exclues de cet ordre ? Pourtant, ce qu'il y avait de bien, à part cela, c'est que je pourrais user de mon influence à la Cour impériale pour les faire venir à Vienne. Je m'y suis employé en faisant tout ce qui était en mon pouvoir. Mais sept mois se sont écoulés avant que j'aie pu voir l'empereur. Si mes demandes lui sont passées sous les yeux, il a pu penser facilement que votre ville, mon ami, était, au même titre qu'une autre, un lieu sûr pour mes sœurs. Moi-même, j'ignorais tous les dangers qu'elles y couraient. Enfin, grâce à une permission accordée par l'empereur, je suis revenu. Et qu'ai-je découvert ? Huit mois s'étaient écoulés et la fidèle Rachael était morte. Mes malheureuses sœurs, étroitement unies, mais désormais privées d'amis, ne savaient de quel côté se tourner. Dans cet état d'abandon, elles tombèrent insidieusement entre les mains de cette canaille de gardien de prison. Ma sœur aînée Berenice, beauté particulièrement noble et imposante, avait suscité l'admiration de cette canaille pendant son séjour en prison avec ma mère. Et lorsque je suis revenu dans votre ville, muni de passeports impériaux pour nous tous, j'ai découvert que Berenice était morte prisonnière de ce scélérat ; et je n'ai rien pu obtenir d'autre que son certificat de décès. Et pour finir,

Mariamne, qui était rieuse et épanouie, était morte elle aussi — de douleur d'avoir perdu sa sœur. Vous, mon ami, vous étiez absent, en voyage, pendant toute cette histoire de calamités dont je vous ai fait le récit. Vous n'aviez vu ni mon père, ni ma mère. Mais vous étiez revenu à temps pour prendre sous votre protection ma petite Mariamne au cœur brisé et l'arracher à cet odieux misérable de gardien. Et lorsque vous imaginiez parfois m'avoir vu dans d'autres circonstances, c'était elle et ses traits que vous voyiez dans les miens.

Désormais le monde était pour moi un désert. En fait d'amour, je ne me souciais guère de savoir de quel côté me tourner. Mais en fait de haine, cela avait une importance capitale. Je passai au service de la Russie, dans l'intention de me faire affecter à un poste de la frontière polonaise qui me donnerait la possibilité de tenir mon serment de mettre à mort tous les magistrats de votre ville. Mais la guerre qui faisait rage m'entraîna dans bien d'autres régions. Elle prit fin, et il y avait peu de chances qu'une autre génération la vît se rallumer ; car celui qui troublait la paix avait été fait prisonnier définitivement ; et toutes les nations étaient épuisées. Il devenait donc nécessaire pour moi d'adopter alors une nouvelle manière d'accomplir ma vengeance ; d'autant plus que tous les ans mouraient certains de ceux que j'avais pour mission de châtier. Jour et nuit parvenait à moi une voix qui montait de la tombe de mon père et de ma mère, réclamant vengeance avant qu'il ne fût trop tard. Je pris mes dispositions de la façon suivante. Beaucoup de Juifs ont participé à la bataille de Waterloo. Parmi ceux-là, qui étaient tous en colère contre Napoléon — celui-ci n'ayant fait naître des espoirs par sa grande assem-

blée des Juifs à Paris[1] *que pour les décevoir —, j'en ai choisi huit que je connaissais bien comme des hommes endurcis par la vie militaire contre tous les mouvements de pitié. Avec ces hommes en guise de limiers, j'ai chassé quelque temps dans votre forêt avant d'entrer véritablement en campagne. Je suis surpris que vous n'ayez pas entendu parler de la mort du bourreau — je veux parler de l'individu qui a osé lever la main sur ma mère. Je l'ai rencontré par hasard dans la forêt ; et je l'ai tué. Mais d'abord, j'ai parlé avec ce misérable, comme si j'étais un étranger, de l'affaire mémorable de la dame juive. S'il s'était attendri, s'il avait exprimé du repentir, moi aussi j'aurais pu m'attendrir. Mais pas du tout ; n'ayant aucune idée de celui auquel il parlait, ce chien exultait ; il... Mais pourquoi répéter les paroles de ce scélérat ? Je l'ai mis en pièces. Voici comment j'ai agi ensuite : j'ai poussé mes hommes de main à s'inscrire individuellement à l'université. Ils ont revêtu la tenue des étudiants. Et maintenant, faites bien attention, vous allez avoir la solution du mystère qui a tant intrigué. Du simple fait que nous étions étudiants, nous étions admis dans toutes les maisons sans éveiller le moindre soupçon. À ce moment-là, les jeunes étudiants avaient l'habitude, si vous vous souvenez, de sortir masqués — c'est-à-dire d'entrer dans les maisons en tenue universitaire et en se cachant le visage derrière un masque. Cette pratique a subsisté*

1. Après l'émancipation civique des Juifs français par la Révolution, Napoléon s'efforça d'étendre cette mesure au reste de l'Europe. En 1807, il réunit par ailleurs à Paris un « sanhédrin » des autorités juives afin d'organiser leur culte. Mais le « décret infâme » de mars 1808, qui, entre autres discriminations, prévoyait l'annulation arbitraire de certaines créances envers les Juifs, suscita la colère chez ceux-ci.

même quand la terreur due aux meurtres était à son comble ; car la tenue des étudiants était censée apporter une protection. Même quand cette tenue a commencé à éveiller des soupçons, il me suffisait de paraître sans masque à la tête des hommes masqués pour leur assurer un accueil amical. D'où la facilité avec laquelle on donnait la mort, et cette absence inexplicable de mouvement pour donner l'alerte. Je saisissais ma victime, et elle me regardait avec un sourire confiant. Nos armes étaient dissimulées sous nos toges ; et même quand nous les sortions, encore à l'instant où nous les posions sur la gorge des victimes, celles-ci continuaient de croire que nos gestes faisaient partie d'une pantomime dont nous étions les acteurs. Ai-je pris plaisir à abuser ainsi de la confiance que l'on m'accordait ? Non — cela me dégoûtait et je déplorais que cela fût nécessaire ; cependant ma mère, fantôme que mes yeux ne pouvaient voir, mais toujours présent à mon esprit, ne cessait de se dresser devant moi ; et toujours je hurlais ces mots à mes victimes abasourdies : « Ça, c'est de la part de la Juive ! Espèce de chien ! Tu te souviens de la Juive que tu as déshonorée, des serments que tu as rompus pour pouvoir la déshonorer, des lois justes que tu as violées, des cris de détresse de son fils, dont tu t'es moqué ? » Qui j'étais, quel crime je vengeais, mais aussi quelle personne, je le faisais savoir à chaque homme et à chaque femme avant d'infliger mon châtiment. Il n'est pas nécessaire de rappeler le détail de chaque cas. Je fus obligé au début de confier une ou deux exécutions à mes Juifs. Ainsi, dès le départ, les soupçons se sont détournés de moi, parce que l'on savait très bien que j'étais présent ailleurs ; mais j'ai bien veillé à ne faire souffrir personne qui ne figurât sur la liste des magistrats coupables d'avoir condamné ma mère, ou de ceux qui s'étaient détournés en se moquant des supplications de son fils.

Il a plu à Dieu, cependant, de placer sur ma route une très forte tentation qui aurait pu me persuader de renoncer à toute idée de vengeance, d'oublier mon serment, d'oublier les voix qui m'appelaient de la tombe. C'était Margaret Liebenheim. Ah ! comme mon devoir de vengeance sanglante me parut terrifiant, lorsque son visage et sa voix angéliques m'eurent apaisé. Pour ce qui est de son grand père, il est curieux de dire que ma pauvre femme innocente ne m'a jamais paru si charmante que précisément dans les relations qu'elle entretenait avec lui en tant que petite-fille. Sa bonté envers ce vieillard était si belle, et si divine l'innocence enfantine dont elle faisait preuve, par contraste avec les souvenirs de culpabilité qui s'associaient à lui — car il faisait partie de ceux qui avaient le plus mal agi avec ma mère — que, jusqu'au bout, je ne cessais de remettre son *châtiment ; pour l'amour de sa petite-fille, je lui aurais pardonné — mieux, j'avais résolu de le faire, lorsqu'un de mes Juifs, un forcené, qui avait une profonde rancune contre cet homme, jura d'accomplir sa propre vengeance, quoi qu'il arrive, en ajoutant qu'il serait peut-être obligé d'inclure Margaret dans cette exécution, sauf si je m'en tenais au projet initial. Alors j'ai cédé ; car les circonstances investissaient cet homme d'un pouvoir momentané. Mais la nuit fixée pour l'action, j'avais de bonnes raisons de penser que ma femme serait absente ; car je m'étais arrangé avec elle pour cela, et je ne comprends toujours pas le malheureux contretemps qui a eu lieu. Qu'il me soit permis d'ajouter que le seul but de mon mariage clandes-*

tin était de tourmenter l'esprit de son grand-père avec l'idée que sa famille à lui avait été déshonorée, tout autant qu'il avait déshonoré la mienne. Il apprit, car je pris bien soin qu'il soit au courant, que sa petite-fille était porteuse des promesses de la maternité, mais sans savoir qu'elle avait reçu la reconnaissance du mariage. En un seul jour, cette découverte lui fit soudain souhaiter avec impatience le mariage auquel il s'était opposé auparavant ; en outre cette découverte assombrit la tristesse de sa mort. À cet instant, je m'efforçai de penser uniquement aux torts subis par ma mère ; mais malgré tous mes efforts, ce vieillard m'apparaissait seulement comme le grand-père de Margaret ; et s'il n'avait tenu qu'à moi, il aurait eu la vie sauve. Dans cette situation, jamais horreur ne fut égale à la mienne quand je vis Margaret voler à son secours. Je comptais sur son absence ; et le malheur de cet instant où le regard de ma femme tomba sur moi alors même que je me saisissais de son grand-père dépassait de beaucoup tout ce que j'ai enduré par ailleurs dans ces scènes atroces. Elle s'est évanouie dans mes bras ; avec l'aide d'un autre, je l'ai portée à l'étage et je lui ai donné de l'eau ; entretemps son grand-père avait été assassiné, à l'instant même où Margaret s'était évanouie. Craignant d'être découvert, et même si je n'avais jamais envisagé une rencontre avec elle, j'avais néanmoins prévu l'explication nécessaire en pareil cas pour rendre ma conduite intelligible. Je lui avais raconté, sous de faux noms, l'histoire de ma mère et de mes sœurs. Elle connaissait les outrages qu'elles avaient subis ; elle m'avait entendu défendre le droit à la vengeance. Par conséquent, au cours de notre dernière rencontre, il me suffit d'un seul mot pour apparaî-

tre dans un nouveau rôle dans son esprit. J'eus seulement besoin de dire que j'étais ce fils, que cette mère déshonorée et offensée si misérablement était la mienne.

Quant au gardien de la prison, nous étions à plusieurs lorsque nous l'avons rencontré. Comme il ne se doutait pas que l'un d'entre nous pouvait être lié à la famille, on l'incita à donner des détails particulièrement affreux sur le sort de ma pauvre Berenice. Cette enfant n'avait pas, comme on l'avait laissé entendre, contribué à sa propre dégradation, mais elle avait dignement défendu l'honneur de son sexe et de sa famille. Les faveurs que ce monstre prétendait avoir obtenues d'elle — malade, abandonnée et, pour finir, gagnée par le délire — avaient seulement été extorquées par la violence, selon ce qu'il avouait lui-même. C'en était trop. Eût-il eu quarante mille vies, que cela n'aurait pas suffi à étancher ma soif de vengeance. Pourtant, si seulement il avait fait preuve de courage, il aurait connu la mort d'un soldat. Mais ce misérable a fait preuve de la lâcheté la plus abjecte, et... Mais vous connaissez son destin.

Eh bien, maintenant, tout est fini, et la nature humaine est vengée. Cependant, si vous vous plaignez de ce bain de sang et de cette terreur, pensez aux injustices qui m'ont conféré des droits ; pensez au sacrifice par lequel j'ai donné dix fois plus de force à ces droits ; pensez qu'il était nécessaire d'ébranler par la terreur, de choquer la société pour que ma leçon parvienne jusque dans les conseils des princes.

C'est maintenant chose faite. Et vous, victimes du déshonneur, vous allez être glorifiées par votre mort ; vous n'avez pas souffert en vain, vous ne serez pas mortes sans qu'un monument soit érigé à votre mémoire. Dors donc, Berenice, ma sœur — et toi aussi, douce Mariamne, dors en paix. Et toi, noble mère, que tous les outrages semés pour ton déshonneur lèvent un jour et mûrissent pour se changer en riches récoltes d'honneur pour les femmes de ta race affligée. Dormez, filles de Jérusalem sanctifiées par vos souffrances. Et toi, fille plus chère encore (si cela est possible) d'un bercail chrétien, toi dont la compagnie lui fut trop tôt enlevée en cette vie, ouvre ta tombe pour recevoir celui qui, à l'heure de sa mort, ne souhaite retenir aucun des titres qu'il a portés en ce monde, si ce n'est celui d'avoir été l'élu de ton cœur et celui qui t'adorait,

MAXIMILIAN.

COLLECTION FOLIO 2€

Dernières parutions

4556. Irène Némirovsky — *Ida* suivi de *La comédie bourgeoise*
4557. Rainer Maria Rilke — *Au fil de la vie. Nouvelles et esquisses*
4558. Edgar Allan Poe — *Petite discussion avec une momie* et autres histoires extraordinaires
4596. Michel Embareck — *Le temps des citrons*
4597. David Shahar — *La moustache du pape* et autres nouvelles
4598. Mark Twain — *Un majestueux fossile littéraire* et autres nouvelles
4618. Stéphane Audeguy — *Petit éloge de la douceur*
4619. Éric Fottorino — *Petit éloge de la bicyclette*
4620. Valentine Goby — *Petit éloge des grandes villes*
4621. Gaëlle Obiégly — *Petit éloge de la jalousie*
4622. Pierre Pelot — *Petit éloge de l'enfance*
4639. Benjamin Constant — *Le cahier rouge*
4640. Carlos Fuentes — *La Desdichada*
4641. Richard Wright — *L'homme qui a vu l'inondation* suivi de *Là-bas, près de la rivière*
4665. Cicéron — «*Le bonheur dépend de l'âme seule*». *Livre V des «Tusculanes»*
4666. Collectif — *Le pavillon des Parfums-Réunis* et autres nouvelles chinoises des Ming
4667. Thomas Day — *L'automate de Nuremberg*
4668. Lafcadio Hearn — *Ma première journée en Orient* suivi de *Kizuki, le sanctuaire le plus ancien du Japon*
4669. Simone de Beauvoir — *La femme indépendante*
4670. Rudyard Kipling — *Une vie gaspillée* et autres nouvelles
4671. D.H. Lawrence — *L'épine dans la chair* et autres nouvelles
4672. Luigi Pirandello — *Eau amère* et autres nouvelles
4673. Jules Verne — *Les révoltés de la Bounty* suivi de *Maître Zacharius*

4674. Anne Wiazemsky — *L'île*
4708. Isabelle de Charrière — *Sir Walter Finch et son fils William*
4709. Madame d'Aulnoy — *La Princesse Belle Étoile et le prince Chéri*
4710. Isabelle Eberhardt — *Amours nomades. Nouvelles choisies*
4711. Flora Tristan — *Promenades dans Londres. Extraits*
4737. Joseph Conrad — *Le retour*
4738. Roald Dahl — *Le chien de Claude*
4739. Fiodor Dostoïevski — *La femme d'un autre et le mari sous le lit. Une aventure peu ordinaire*
4740. Ernest Hemingway — *La capitale du monde* suivi de *L'heure triomphale de Francis Macomber*
4741. H. P. Lovecraft — *Celui qui chuchotait dans les ténèbres*
4742. Gérard de Nerval — *Pandora* et autres nouvelles
4743. Juan Carlos Onetti — *À une tombe anonyme*
4744. Robert Louis Stevenson — *La chaussée des Merry Men*
4745. Henry David Thoreau — *«Je vivais seul dans les bois»*
4746. Michel Tournier — *L'aire du muguet* précédé de *La jeune fille et la mort*
4781. Collectif — *Sur le zinc. Au café des écrivains*
4782. Francis Scott Fitzgerald — *L'étrange histoire de Benjamin Button* suivi de *La lie du bonheur*
4783. Lao She — *Le nouvel inspecteur* suivi de *Le croissant de lune*
4784. Guy de Maupassant — *Apparition* et autres contes de l'étrange
4785. D.A.F. de Sade — *Eugénie de Franval. Nouvelle tragique*
4786. Patrick Amine — *Petit éloge de la colère*
4787. Élisabeth Barillé — *Petit éloge du sensible*

4788. Didier Daeninckx — *Petit éloge des faits divers*
4789. Nathalie Kuperman — *Petit éloge de la haine*
4790. Marcel Proust — *La fin de la jalousie* et autres nouvelles
4839. Julian Barnes — *À jamais* et autres nouvelles
4840. John Cheever — *Une Américaine instruite* précédé d'*Adieu, mon frère*
4841. Collectif — *«Que je vous aime, que je t'aime!» Les plus belles déclarations d'amour*
4842. André Gide — *Souvenirs de la cour d'assises*
4843. Jean Giono — *Notes sur l'affaire Dominici* suivi d'*Essai sur le caractère des personnages*
4844. Jean de La Fontaine — *Comment l'esprit vient aux filles* et autres contes libertins
4845. Yukio Mishima — *Papillon* suivi de *La lionne*
4846. John Steinbeck — *Le meurtre* et autres nouvelles
4847. Anton Tchekhov — *Un royaume de femmes* suivi de *De l'amour*
4848. Voltaire — *L'Affaire du chevalier de La Barre* précédé de *L'Affaire Lally*
4875. Marie d'Agoult — *Premières années (1806-1827)*
4876. Madame de Lafayette — *Histoire de la princesse de Montpensier* et autres nouvelles
4877. Madame Riccoboni — *Histoire de M. le marquis de Cressy*
4878. Madame de Sévigné — *«Je vous écris tous les jours...» Premières lettres à sa fille*
4879. Madame de Staël — *Trois nouvelles*
4911. Karen Blixen — *Saison à Copenhague*
4912. Julio Cortázar — *La porte condamnée* et autres nouvelles fantastiques
4913. Mircea Eliade — *Incognito à Buchenwald...* précédé d'*Adieu!...*
4914. Romain Gary — *Les Trésors de la mer Rouge*
4915. Aldous Huxley — *Le jeune Archimède* précédé de *Les Claxton*

4916. Régis Jauffret — *Ce que c'est que l'amour* et autres microfictions
4917. Joseph Kessel — *Une balle perdue*
4918. Lie-tseu — *Sur le destin* et autres textes
4919. Junichirô Tanizaki — *Le pont flottant des songes*
4920. Oscar Wilde — *Le portrait de Mr. W. H.*
4953. Eva Almassy — *Petit éloge des petites filles*
4954. Franz Bartelt — *Petit éloge de la vie de tous les jours*
4955. Roger Caillois — *Noé* et autres textes
4956. Jacques Casanova — *Madame F.* suivi d'*Henriette*
4957. Henry James — *De Grey, histoire romantique*
4958. Patrick Kéchichian — *Petit éloge du catholicisme*
4959. Michel Lermontov — *La princesse Ligovskoï*
4960. Pierre Péju — *L'idiot de Shanghai* et autres nouvelles
4961. Brina Svit — *Petit éloge de la rupture*
4962. John Updike — *Publicité* et autres nouvelles
5010. Anonyme — *Le petit-fils d'Hercule. Un roman libertin*
5011. Marcel Aymé — *La bonne peinture*
5012. Mikhaïl Boulgakov — *J'ai tué* et autres récits
5013. Sir Arthur Conan Doyle — *L'interprète grec* et autres aventures de Sherlock Holmes
5014. Frank Conroy — *Le cas mystérieux de R.* et autres nouvelles
5015. Sir Arthur Conan Doyle — *Une affaire d'identité* et autres aventures de Sherlock Holmes
5016. Cesare Pavese — *Histoire secrète* et autres nouvelles
5017. Graham Swift — *Le sérail* et autres nouvelles
5018. Rabindranath Tagore — *Aux bords du Gange* et autres nouvelles
5019. Émile Zola — *Pour une nuit d'amour* suivi de *L'inondation*
5060. Anonyme — *L'œil du serpent. Contes folkloriques japonais*

5169. H. P. Lovecraft — *L'horreur de Dunwich*
5170. Léon Tolstoï — *Le diable*
5184. Alexandre Dumas — *La main droite du sire de Giac* et autres nouvelles
5185. Edith Wharton — *Le miroir* suivi de *Miss Mary Pask*
5231. Théophile Gautier — *La cafetière* et autres contes fantastiques
5232. Claire Messud — *Les Chasseurs*
5233. Dave Eggers — *Du haut de la montagne, une longue descente*
5234. Gustave Flaubert — *Un parfum à sentir ou Les Baladins* suivi de *Passion et vertu*
5235. Carlos Fuentes — *En bonne compagnie* suivi de *La chatte de ma mère*
5236. Ernest Hemingway — *Une drôle de traversée*
5237. Alona Kimhi — *Journal de Berlin*
5238. Lucrèce — « *L'esprit et l'âme se tiennent étroitement unis* ». *Livre III de « De la nature »*
5239. Kenzaburô Ôé — *Seventeen*
5240. P. G. Wodehouse — *Une partie mixte à trois* et autres nouvelles du green
5347. Honoré de Balzac — *Philosophie de la vie conjugale*
5348. Thomas De Quincey — *Le bras de la vengeance. Nouvelle gothique*
5349. Charles Dickens — *L'embranchement de Mugby*
5350. Épictète — *De l'attitude à prendre envers les tyrans*
5351. Marcus Malte — *Mon frère est parti ce matin...*
5352. Vladimir Nabokov — *Natacha* et autres nouvelles
5353. Arthur Conan Doyle — *Un scandale en Bohême* suivi de *Silver Blaze. Deux aventures de Sherlock Holmes*
5354. Jean Rouaud — *Préhistoires*
5355. Mario Soldati — *Le père des orphelins*
5356. Oscar Wilde — *Aphorismes* et autres textes

Composition Nord Compo
Impression Novoprint
à Barcelone, le 9 décembre 2011
Dépôt légal : décembre 2011

ISBN 978-2-07-044525-7 / Imprimé en Espagne.

237166